악마의 음악

OTHER Vol.CS

경우 勁雨 현대 판타지 장편소설

WISHBOOKS MODERN FANTASY STORY

악마의 음악 3
OTHER WORLD STORIES

경우勁雨 현대 판타지 장편소설

초판 1쇄 찍은 날 | 2018년 12월 6일
초판 1쇄 펴낸 날 | 2018년 12월 13일

지은이 | 경우
펴낸이 | 예경원

기획 | 위시북스
편집책임 | 이규재
편집 | 위시북스

펴낸곳 | 예원북스
등록번호 | 제396-2012-000132호
등록일자 | 2012. 7. 25
KFN | 제1-341호

주소 | 경기도 고양시 일산동구 호수로 646-24 위너스21II빌딩 206A호 (우)10401
전화 | 031-819-9431 팩스 | 031-817-9432
E-mail | yewonbooks@naver.com

ISBN 979-11-89701-03-1 04810
       979-11-89564-46-9 (set)

악마의 음악

3

경우勁雨 현대 판타지 장편소설

OTHER VOICES

WISHBOOKS MODERN FANTASY STORY

Wish Books

CONTENTS

아무의 애마

OTHER VOICES

1장

Lollapalooza Festival

"저…… 교수님. 제가 도저히 실감이 안 나서 그런데…… 방금 미스터 몬타나가 저에게 롤라팔루자 페스티벌 무대에 서자고 했던 게 맞나요?"

건이 모두가 떠나고 난 뒤, 조심스럽게 스튜디오에 앉아 샤론 교수에게 물었다. 샤론 교수가 부럽다는 눈빛을 보내며 고개를 끄덕였다.

"맞아요, 케이. 롤라팔루자 페스티벌이 뭔지는 알고 있죠?"

건이 고개를 끄덕였다가 급히 말했다.

"아, 그게. 알고는 있는데 정확히는 몰라요."

샤론이 웃으며 말했다.

"롤라팔루자 페스티벌이 시작된 것은 올해로 26년 째에요.

중간에 한 5년 정도 쉬기는 했지만, 여전히 높은 인지도를 가진 음악 페스티벌이에요."

샤론이 자리에서 일어나 건에게 다가와 말했다.

"좀 특이한 건, 록 뮤지션만의 페스티벌이 아니란 거예요. 힙합, 댄스, EDM까지. 사람들이 몸을 흔들며 신나게 뛰어놀 수 있는 모든 장르의 음악들이 나오죠."

건이 의자에 앉은 채 샤론을 올려다보며 말했다.

"그래요? 제가 좋아했던 '메탈리카'나, '레이지 어겐스트 더 머신', '그린 데이', '레드 핫 칠리 페퍼스'가 나왔던 무대는 영상으로 본 적 있는데, 록이 아닌 다른 장르의 뮤지션들도 나오나 보군요?"

샤론이 고개를 끄덕이며 말했다.

"맞아요. 작년에는 백인 랩퍼인 에미넴과 아웃 캐스트가 메인 무대였으니까요."

건이 눈을 동그랗게 뜨고 물었다.

"예? 에미넴이요? 힙합 뮤지션도 나와요?"

샤론이 웃음 지으며 말했다.

"힙합 뮤지션뿐만이 아니에요. 2010년에 '레이디 가가'가 전신 망사 스타킹을 입은 채 무대 위에서 스테이지 다이빙을 한 사건은 이미 전설이랍니다."

건이 놀란 표정으로 말을 더듬었다.

"레…… 레, 레이디 가가요? 그런 류의 음악도 나와요? 그, 그런 무대에 제, 제가 서도 되는 걸까요?"

샤론의 눈빛이 깊어지며 건의 어깨에 손을 얹었다.

"몬타나의 리더, 카를로스 몬타나가 선택한 것이에요, 케이. 몬타나는 이번 페스티벌의 메인입니다. 목요일부터 일요일까지 총 나흘간 벌어지는 페스티벌에서 토요일 밤 8시 무대를 가지는 밴드가 얼마나 영향력 있는 밴드인지 모르겠어요? 그런 밴드가 당신을 선택한 거예요."

건이 고개를 숙이며 자신 없는 말투로 말했다.

"사실 그래서 더 걱정이에요. 실망하게 해드릴까 봐요."

샤론이 건의 어깨를 쓸어주며 말했다.

"어차피 한 곡이잖아요? 전체적인 보컬은 로비 미치스가 알아서 할 거예요. 투어 콘서트는 이력이 난 사람이니, 알아서 잘하겠죠. 한 곡쯤 망쳐도 괜찮다는 마음가짐으로 편하게 해요. 어차피 녹음과 달라서 라이브에서 일어나는 작은 실수쯤은 모두가 이해하니까요."

건이 눈을 들어 샤론을 바라보자 샤론이 상큼한 웃음을 지으며 말했다.

"자, 공연은 앞으로 10일 후예요. 모레부터 몬타나의 멤버들이 시카고로 모일 겁니다. 함께 가서 연습해야죠? 저와 코릴리아노 교수님도 함께 건너갈게요. 만약 좋은 공연을 보여준다면 이번 학기 점수는 제가 보장하도록 하죠. 어때요, 이제 좀 할 마음이 생기나요?"

건이 조금 밝아진 얼굴로 웃음을 지으며 실없는 목소리로 말했다.

"A, 주시나요? 헤헤."

샤론이 검지를 빙빙 돌리며 말했다.

"이미 스튜디오 클래스에서 좋은 점수를 얻었으니, 공연을 망치지만 않는다면 A 보장! 대신 망치면 B+예요. OK?"

건이 샤론을 보며 대답 없이 웃었다.

이틀 뒤 'Chicago Cultural Center'.

매년 수십만 명이 방문하여 시카고의 랜드 마크가 된 시카고 문화센터는 평소 음악, 무용 및 연극 행사, 영화, 강연, 미술 전시회 등의 예술 행사가 벌어지는 곳이었다.

몬타나는 세계적인 밴드답게 페스티벌 7일 전부터 이곳 지하를 통째로 빌려 연습실을 꾸렸다.

샤론 교수와 함께 시카고 문화센터의 화려한 입구로 들어간 건이 지하로 내려갔다. 지하에는 하얀 대리석 바닥과 여러 가지 그림으로 수놓아진 벽을 따라 여러 개의 문이 있었다. 그중 희미하게 음악 소리가 흘러나오는 방 앞에 선 둘이 서로를 힐 끗 본 후 문을 열었다.

안쪽에 펼쳐진 하얀색 방은 그 규모가 매우 컸다. 고등학교 시절 성수동의 합주실과 비교하면 스무 배가 넘는 큰 공간에 여러 개의 'Marshall' 사 앰프가 설치되어 있었고, 카를로스 몬타나가 의자에 앉아 자신의 'PRS MONTANA Signature' 기타를 점검하고 있었다.

조금 떨어진 곳에 'Pearl' 사의 5기통 녹색 드럼이 설치되어 있었고, 파마기 있는 흑발의 스페인계 남자가 8비트 연주를 하며, 고개로 박자를 맞추고 있었다.

드럼의 왼쪽에 설치된 또 다른 'Pearl' 사의 대형 앰프 앞에 베이스 기타를 든 짧은 머리의 흑인이 기타의 잭이 마음에 안드는 듯 자꾸 잭을 뺏다 꼈다 하고 있고, 그의 앞에 팔짱을 끼고 그를 바라보고 있는 짧은 금발 머리의 중년 백인 남성이 있었다.

건과 샤론이 들어오는 것을 맨 처음 발견한 것은 금발의 백인 남성이었다. 그는 샤론을 보자마자 환하게 웃으며 두 팔을 벌리며 뛰어와 샤론을 안으며 말했다.

"샤론! 이게 얼마 만이야?"

샤론이 남자의 등을 쓸어주며 말했다.

"로비, 정말 오랜만이네요. 한 8년 됐죠, 우리? G&B는 안 왔어요?"

로비가 샤론을 놓아주며 눈을 맞추었다.

"그러게, 여전히 아름답네. 아직 안 죽었어, 샤론. G&B는 이번에 못 온대. 그래서 'Maria Maria'까지 내가 불러야 할 판이지."

샤론이 싱긋 웃으며 건을 가리켰다.

"그렇군요. 이쪽이 이번에 공연을 함께할 케이에요. 제가 줄리어드에서 가르치고 있는 학생이고요."

로비가 못 미덥다는 듯한 눈빛을 보내다 손을 내밀었다.

"반가워요. 로비 미치스입니다."

건이 멍한 눈으로 로비 미치스를 보며 영혼 없이 손을 내밀어 그의 손을 맞잡았다.

'로비 미치스라니, 매치박스 포티라니! 꿈은 아니겠지?'

로비가 멍하게 자신을 쳐다보는 건을 보며 피식 웃었다.

"말 편하게 하자. 앞으로 며칠간 연습해야 할 텐데. 케이라고 부르면 되지? 난 로비라고 불러."

영어의 특성상 존대어라고 할 수 있는 것은 없었으나, 'Sir'나 'Please'와 같은 귀찮은 말을 빼고 친구 같은 대화를 위한 로비가 건의 어깨를 툭툭 치며 말했다.

"아직 완전히 정해진 건 아니니까, 너무 긴장 풀지 마. 카를로스가 널 선택했다고 하지만 실력이 아니다 싶으면 반대할 거니까."

샤론이 눈웃음을 치며 말했다.

"어차피 몬타나는 카를로스 씨 개인 밴드에 가깝지 않았나요? 카를로스 씨가 선택하면 그걸로 끝일 텐데요?"

로비가 어깨를 으쓱하며 말했다.

"뭐…… 그렇긴 하지. 카를로스 외에 모두가 세션으로 이루어진 밴드가 '몬타나'니까. 하지만 내게도 반대 목소리를 낼 권한 정도는 있다고, 샤론."

샤론이 이를 드러내며 웃었다.

"글쎄요? 연습이 끝나고도 그런 말 하실 수 있을지 내기할까요?"

로비가 눈썹을 꿈틀하며 건을 돌아봤다.

"케이가 그 정도 실력이란 말이야? 샤론 네가 인정할 정도로? 좋아, 내기하지. 내가 반대의 말을 꺼내지 않는다면, 샤론과 케이가 먹고 싶은 저녁을 사지. 뭐가 좋아?"

샤론이 건을 힐끗 보며 말했다.

"케이는 한국 학생이니까…… 여기 노스 링컨 에비뉴에 한국 식당을 본 것 같은데. 그 기와집인지 하는 한국 전통 건물이요."

로비가 고개를 끄덕이며 말했다.

"그래 있지. 이름이 '조선옥'일 거야. 코리언 바비큐 집인데, 지난번에 앤디와 한 번 간 적 있지."

샤론이 반색하며 말했다.

"맞아요! 전 지나가다 보기만 했는데, 오늘 내기에 지면 거기서 저녁 사는 거로 해요."

로비가 손가락을 튕기며 말했다.

"좋아, 대신에 내가 반대를 하는 상황이 온다면, 당신이 사는 거야. 케이의 공연 역시 없던 일이 되는 거고."

샤론이 약간 심각해진 얼굴로 물었다.

"왜 그렇게 예민하게 굴어요, 로비. 무슨 일 있었어요? 평소에 객원 보컬에 대해 반대하신 적 없었잖아요?"

로비가 허리에 손을 올리고 샤론을 보다 건을 돌아본 후 한숨을 쉬며 고개를 숙였다.

"그래, 내가 좀 예민했던 것 같군. 케이, 초면인데 미안해. 부담 줘서."

건이 아니라는 듯 손사래를 치며 말했다.

"아니에요, 로비. 좋은 공연을 하고 싶어 하는 것은 모든 뮤지션들이 같을 텐데요, 뭐."

로비가 건을 빤히 보다가 피식 웃으며 샤론에게 말했다.

"실은 이번 공연에 'Muse'가 나온대. 그것도 첫날."

샤론이 고개를 끄덕이며 말했다.

"Muse라면 충분히 롤라팔루자에 나올 만한 밴드죠. 그래서요? 설마 몬타나 정도의 밴드가 라이벌 의식이라도 느끼고 있는 거예요?"

로비가 한숨을 쉬며 고개를 떨궜다.

"Muse가 2004년에 발표한 'Time is Running out'은 들어 봤어?"

샤론이 고개를 젓자 건이 말했다.

"들어봤어요. 그 무슨…… 뮤직비디오상을 받았던 곡 말이 죠?"

로비가 건을 힐끗 보며 고개를 끄덕였다.

"그래, 'NME 어워드 베스트 뮤직비디오' 상을 받았었지. 여 튼, 나 그 노래 듣고 엄청 충격받았었어."

그때, 로비의 뒤에서 카를로스 몬타나가 나타나 그의 어깨 에 손을 얹으며 말했다.

"신경 쓰지 마. 그냥 이 녀석 혼자 라이벌 의식을 느끼고 있 는 거야."

건이 그를 보고 반색하며 말했다.

"아, 미스터 몬타나. 며칠 만에 뵙네요."

카를로스 몬타나가 씨익 웃으며 말했다.

"로비 이 녀석한테처럼 그냥 편하게 대해. 나도 케이라고 부 를 테니. 너도 그냥 카를로스라고 불러라."

건이 어정쩡한 표정으로 고개를 끄덕이자 카를로스가 말 했다.

"Muse는 영국의 브리티쉬 록계의 신성이야. 우리는 라틴 록의 대표 주자라고 불리지. 저 녀석은 그냥 라틴 록이 브리티쉬 록에 밀린다는 평가가 싫은 거야."

로비가 자신의 어깨에서 카를로스의 손을 내리며 말했다.

"이봐요, 카를로스. 우리가 아무리 라틴 록이 최고라고 말한들 뭐해요? 세상은 브리티쉬 록이 최고라고 말하는데. 난 라틴 록이 최고의 음악이라는 자부심으로 사는 남자라고요."

카를로스가 웃기지도 않는다는 표정으로 말했다.

"아니, 그런 놈이 왜 라틴 록을 안 하고 얼터너티브 밴드를 하고 있어? 매치박스 포티가 라틴 록 밴드야?"

로비가 양손을 들어 보이며 말했다.

"내가 좋아하는 것과 잘하는 것이 다를 뿐이에요. 내가 괜히 내 밴드 놔두고 몬타나에 객원 보컬로 오는 줄 알아요?"

카를로스가 피식 웃으며 로비의 어깨를 툭툭 치더니 엄지손가락으로 뒤를 가리켰다.

"됐어, 이놈아. 저기 가서 앉기나 해. 케이 연습이 급하니까. 다른 녀석들도 기다리고 있잖아."

로비가 건을 스윽 돌아본 후 입맛을 다시며 샤론과 함께 연습실 구석에 놓인 소파에 가 앉았다. 카를로스는 기타 밴드를 목에 건 후 건을 보며 손을 들어 보였다.

"잘할 수 있지? 연습 시간이 얼마 안 남았으니까, 집중력 있게 하고 끝내자. 배고프다."

그 날 있었던 연습 후.

로비는 시카고의 조선옥에서 건과 샤론, 자신을 포함한 네 명의 밴드 멤버에게 코리안 바비큐와 된장찌개를 사는 비용으로 무려 800달러를 써야 했다. 하지만 시종일관 건의 옆에서 구운 고기를 접시에 옮겨주는 로비의 표정은 무척이나 밝았다.

목요일 오후 두 시.

롤라팔루자 페스티벌 첫날에 공연장을 찾은 건이 설레는 가슴을 안고 모자를 쓴 카를로스와 마스크를 쓴 로비와 함께 시카고 그랜드 파크를 찾았다.

스탠딩 야외 공연답게 전날 밤부터 텐트를 동원해 좋은 자리를 선점한 관객들이 자신의 짐을 정리한 후 무대 앞으로 모였다.

건의 일행이 카를로스의 차인 롤스로이스 실버 섀도에서 내렸다. 1977년 모델을 리마스터하여 한정 생산한 차라 길을 지나는 시민들의 이목을 집중시켰다.

하지만 설마 사람들이 많은 길가에 카를로스 몬타나와 로비 미치스가 나타날 것이라고는 생각하지 못한 시민들은 그저 돈 많은 부자로 보았는지 큰 동요는 없었다.

시카고 그랜드 파크 입구를 보던 건이 설레는 표정으로 외쳤다.

"와아! 사람 진짜 많다. 몇만 명은 되나 봐요, 카를로스!"

카를로스가 모자를 고쳐 쓰며 고개를 숙인 채 말했다.

"입장권 가격이 하루 기준 100달러(약 10만 원)고, 사흘 입장권은 250달러(약 25만 원)라던데, 매진이야. 거기다 나흘 모두 입장 가능한 4,615달러(약 470만 원)짜리 패키지 상품들도 모두 매진이라더라. 발행한 티켓이 30만 장이니, 하루 평균 10만 명 이상의 관객이란 뜻이겠지."

로비가 마스크를 매만지며 건에게 말했다.

"케이, 넌 괜찮을지 몰라도 우린 여기서 정체가 드러나는 순간 사람들한테 깔려 죽는다고, 오늘 가드들도 없이 왔으니까, 크게 이름 부르거나 하지 마. 알았지?"

건이 장난스럽게 웃으며 말했다.

"그래요? 그럼 지난 5일간 연습하며 받은 스트레스 한번 풀어 볼까요? 여러분, 여기! 으읍……"

건이 소리치려 하자 로비가 입을 막으며 건을 질질 끌고 갔다.

"장난치지 마, 진짜라고! 난 그렇다 치고, 카를로스까지 죽일 셈이냐, 너? 저 양반은 70살도 넘어서 팬한테 몇 번 깔리면 진짜 죽는다고!"

건이 입을 막힌 채 로비에게 끌려가면서도 장난스러운 눈빛을 지우지 않는 것을 보며 피식 웃은 로비가 손을 내리고 말했다.

"Muse 공연만 보고 가자. 딴 녀석들도 괜찮긴 한데. 아무래도 우리가 신경 써야 할 밴드는 게네 하나니까."

건이 자신의 입을 문지르며 눈웃음쳤다.

"Muse만 보신다는 분이 왜 두 시에 오셨어요? 그 밴드 공연은 저녁 8시인데……."

로비가 건을 빤히 보다가 뒤통수를 긁으며 말했다.

"괜히 편하게 대하라고 했나 보네, 이 녀석. 알고 보니 막 나가는 성격이잖아?"

카를로스가 모자를 살짝 올리며 미소 지었다.

"밝은 성격이면 좋지 뭘 그래. 어, 기타 소리 난다. 공연 시작하나 봐. 어서 가자고."

그렇게, 세 사람이 시카고 그랜드 파크로 들어섰다.

아직 낮이라 그런지 약 1만여 명의 관객들이 무대 앞에 모여 있었다. 워낙 큰 규모의 공원이라서 1만여 명도 충분히 많은 관객임에도 불구하고 무대 앞을 겨우 메우는 수준으로밖에 보이지 않았다.

로비와 카를로스는 무대에서 멀리 떨어진 언덕에 몸을 반쯤 눕히고 자리를 잡았다.

로비가 언덕에 잠시 앉아 있다, 무언가 생각났다는 듯 일어나며 말했다.

"맥주 사 올게. 축제에는 술이 있어야지. 카를로스, 뭐 사다 줄까?"

카를로스가 몸을 눕힌 채 말했다. 돌아보지도 않고 당연하다는 듯 대꾸했다.

"뭘 물어? 내가 데낄라 말고 다른 술 먹는 거 봤어? 1800 아네호(Anejo) 있나 알아보고 없으면 레포사도(Reposado) 등급으로 아무거나."

로비가 고개를 끄덕인 후 건을 보며 물었다.

"넌?"

건이 예의 바른 동양인답게 함께 자리에서 일어나며 말했다.

"전 아직 술 마시면 안 되는 나이에요. 같이 사러 가요."

그 모습에 로비가 웃으며 손을 들어 건과 하이파이브를 했다.

"역시 젊은 애랑 다녀야 해! 노인네랑 다니니까 맨날 병수발이나 하지. 카를로스! 맨날 그렇게 데낄라만 마셔대다가 진짜 골로 가, 술 좀 작작 마셔. 마시고 싶으면 나처럼 맥주를 마시던가."

카를로스가 듣기 싫다는 듯 모자를 눌러 쓰고 대충 아무렇게나 손짓하자, 로비가 건을 보며 가자는 눈짓을 보냈다.

잠시 후, 손에 데낄라와 맥주 두 병을 든 로비와 핫도그 세 개를 든 건이 언덕에 앉아 공연을 보기 시작했다.

무대 위에는 스웨그 넘치는 복장의 흑인이 모자를 거꾸로 쓰고 마이크를 점검하고 있었고, 앰프를 통해 울려 퍼지는 힙합 비트에 몸을 실은 관객들이 서서히 음악에 정신을 맡기고 갈대처럼 흔들리고 있었다. 핫도그를 한 입 베어 문 건이 로비에게 물었다.

"저 사람은 누구예요? 밴드가 아니네요? 옷차림으로 보면 래퍼인가?"

로비가 맥주를 홀짝이며 말했다.

"어, 쟤 요새 유명해. 'Big Sean'이라고 랩퍼야."

모자를 푹 눌러쓴 카를로스가 손으로 챙을 살짝 올리며 말했다.

"쟤가 카니예 웨스트랑 계약했다는 애지?"

로비가 고개를 끄덕였다. 잠시 후 'Big Sean'의 멋진 힙합 공연이 펼쳐졌고, 이런 공연을 처음 보는 건이 흥분된 눈으로 외쳤다.

"힙합도 엄청나네요! 에너지가 넘쳐요. 저도 모르게 리듬을 타게 되네요."

카를로스가 어느새 일어나 팔짱을 낀 채 말했다.

"사람은 원래 장르를 불문하고 멋진 음악에는 반응하게 되어 있는 법이지. 로비, 다음은 누구야?"

로비가 주머니에 꾸깃꾸깃 접힌 안내문을 꺼내 펼친 후 손가락으로 집어가며 말했다.

"다음이 'Kaskade'고, 그다음이 'Gramatik'야."

카를로스가 로비를 보며 고개를 갸우뚱했다.

"그라마틱? 카스케이드는 프로듀서니까, DJ로 나왔을 거고, 그라마틱은 뭐 하는 애인데?"

로비가 다시 종이를 구겨 뒷주머니에 꽂으며 말했다.

"하이브리드 EDM DJ라는데?"

카를로스가 다시 자리에 누워 모자를 얼굴 깊숙이 뒤집어쓰며 말했다.

"그래, 별 관심 없으니 Muse 무대 되면 깨워줘."

카를로스는 그대로 잠이 들어 버렸다. 그를 내려다보던 로비가 건을 보며 어깨를 으쓱했다.

"원래 이 아저씨는 디제잉 쪽은 관심 없어. 웃기지 않아? 자기 음악에는 DJ 초빙해서 넣는 인간이 공연은 싫어하니까 말이야. 이번에 앤디가 EDM 공연 갔다가 다친 사건 가지고도 얼마나 잔소리를 해대는지."

건이 고개를 끄덕이며 말했다.

"라틴 록이 전문 분야니까 그럴 수도 있죠, 뭐."

로비가 손가락을 들어 까딱거리며 말했다.

"그건 아니야, 케이. 록 뮤지션들이 록 외에 다른 음악에 관심을 안 가진다면, 그건 그 자체로 썩어서 고인 물이 된다는 거니까. 카를로스 정도의 급이 되는 뮤지션들은 관심이 없어도 일단 들어는 본다고. 저렇게 자고 있다가도 괜찮은 음악이 들리면 벌떡 일어날걸?"

건은 드러누워 있는 카를로스를 새삼스러운 눈으로 보았다. 이태원의 로스 아미고스의 주인처럼 생긴 아저씨이지만, 역시 세계적인 록 뮤지션답다고 생각했다.

두 개의 EDM 무대가 끝나자 주위가 어둑어둑해졌다. 시카고 그랜드 파크에는 어느새 8만여 명으로 불어난 관객이 무대 아래 스탠딩 관객석을 꽉 메우고 있었다. 오늘의 메인 공연 시간이 다가왔기 때문이다. 로비는 무대 위로 올라오는 Muse의 멤버를 보자, 카를로스를 발로 툭툭 건드렸다.

"카를로스, Muse 나왔어."

카를로스가 깊은 잠을 자고 있었는지, 뒤척이다 정신을 차리고는 일어나자마자 데킬라로 목을 축였다.

로비는 카를로스를 보며 고개를 절레절레 흔들었다. 건이 웃으며 카를로스를 보다가 로비에게 물었다.

"Muse가 그리스 신화의 여신이었죠?"

로비가 고개를 흔들며 말했다.

"아니, Muse는 한 명이 아니야. 예술과 학문적인 영감을 주는 9명의 여신을 통틀어 Muse라고 부르지. 밴드 이름으로 쓰기에는 좀 과분하다고 할까?"

로비의 설명에 건이 고개를 끄덕이며 눈으로는 공연 준비를 하는 Muse를 보았다.

"단 세 명으로 그런 풍성한 사운드를 내다니. 한 번쯤은 제 눈으로 보고 싶은 사람들이었어요."

로비가 무대에서 눈을 떼지 않은 채 말했다.

"맞아, 원래 너바나 때부터 얼터너티브 밴드는 3명이 가장 멋지다는 공식이 있었지. 보컬인 메튜 벨라미도 너바나의 커트 코베인의 영향을 받았다고 말한 적이 있고 말이야."

공연이 시작되고, 건은 난생처음 관람하게 된 록 공연에 푹 빠졌다.

몸이 땀으로 푹 젖는 것도 모른 채 열심히 언덕 위에서 뛰던 건이 공중으로 뛰며 외쳤다.

"역시 록이 최고야!"

그런 건을 보고 있던 로비가 고개를 절레절레 흔들었다.

"이봐, 줄리어드 다니는 학생이 샤론이 들으면 서운해할 소리를 하고 있어?"

건이 문득 마구 흔들리던 몸을 굳히며 샤론을 떠올리다 배시시 웃으며 말했다.

"그렇지만, 다른 음악이 주는 감동과 록 음악의 감동은 다른걸요?"

카를로스가 팔짱을 낀 채 고개를 끄덕이며 말했다.

"그래, 록 음악이 주는 흥분은 무엇과도 비교할 수 없지. 하지만 감동의 종류가 다른 것뿐이지 최고의 감동을 주는 음악이 록이라는 건 잘못된 거야, 케이. 음악은 듣는 이의 감정 상태와 당시의 처한 상황에 따라 다르게 느껴지지. 결국, 장르는 소용이 없는 개념이야. 그때그때 듣기 좋은, 혹은 듣고 싶은 음악을 듣는 것이 최고지."

건이 동의한다는 듯 말했다.

"맞아요, 카를로스. 전적으로 맞는 말씀이에요."

로비가 황당한 눈으로 둘을 보며 말했다.

"누가 보면 음악 대가라도 난 줄 알겠네. 이것 봐 카를로스. 긴장 좀 해. 쟤네보다 나은 공연을 보여야지! 당신은 몬타나야, 몬타나!"

카를로스가 로비를 힐끗 본 후 무대를 보며 말했다.

"그래, 당연히 그래야지. 하지만 말이야, 뮤지션은 음악으로 말하는 거야. 그 음악이 대중의 귀로 들어간 후에는 대중의 판단에 맡기는 거고. 로비 네가 안달한다고 되는 일이 아니니 그냥 우리 공연에 집중하면 된다고."

로비가 문득 생각났다는 듯 건을 돌아보며 말했다.

"그러고 보니, 케이. 너 연습할 때 우두커니 서서 노래만 하더라? 뮤지션이 음악으로 말한다는 건 맞지만, 무대에서 보여주는 액션도 라이브에서는 빼놓을 수 없는 재밋거리인데 말이야."

건이 계면쩍은 얼굴로 볼을 긁었다.

"그게…… 뭐랄까. 좀 어색하다고 할까요? 그래서 좀처럼 안 나오더라고요."

카를로스가 건의 등을 쓸어주며 말했다.

"케이, 넌 뮤지션이 노래를 할 때 손을 올리며 무언가 잡으려 하거나, 과장된 액션을 하는 이유가 뭐라고 생각해?"

건이 곰곰이 생각한 후 말했다.

"본인의 감정을 증폭시켜서 전달력을 높이려는 것 아닐까요? 과장된 몸짓을 통해 듣거나 보는 이에게 전해지는 감동의 스펙트럼을 넓히기 위해서."

로비가 그럴 줄 알았다는 듯 피식 웃었다.

"이 바보가. 인마, 그런 뮤지션이 어디 있어? 그건 아마추어 밴드나 하는 생각이고. 진정한 뮤지션이라면 자기 음악이 주는 감동에 취해 몸짓하는 거라고."

건이 놀란 눈으로 물었다.

"예? 자기 음악에 취해요?"

카를로스가 진중한 눈으로 건을 돌아보며 말했다.

"케이. 자신도 감동하지 않을 노래에 감동해 줄 관객은 없어. 자신도 신나지 않는 노래에 춤을 춰 줄 사람 역시 어디도 없어."

♪♫♪

금요일 오전 11시.

어젯밤 늦게까지 연습하고 모두 잠에 빠져 있는 시간. 건이 홀로 연습실 구석에서 노트북으로 'Dolphin'이 부른 'Love alone' 라이브 영상을 보고 있었다.

테이블에 팔을 올리고 턱을 괸 채 답답한 표정을 한 건이 한숨을 쉬었다.

'Dolphin'은 자연스럽게 라틴 음악에 몸을 맡긴 채 조금씩 몸을 흔들면서 부르는구나. 라틴 록의 느낌이 제대로 나는데…… 난 왜 안 될까?'

건은 노래할 때 항상 생각이 많았다. 작곡자, 작사가가 음악에 넣은 감정선을 살리기 위해 최선을 다한 계산을 하기 때문이다.

다른 노래를 할 때보다 특히 더 집중해야 하는 노래였다. 멜로디가 빠른 템포의 라틴 록이었기에 감정을 처리하기가 힘들었고, 더더욱 무대 액션에 쓸 정신이 없었다.

잠시 노트북으로 'MONTANA'의 다른 라이브 영상을 찾아

보던 건이 노트북을 닫았다. 건이 몸을 뒤로 기대고 고개를 들어 천장을 보았다.

'어떡하면, 자연스러운 액션으로 감동을 더 할 수 있을까? 여인에게 구애하는 연기라도 해야 하나?'

건은 한참 목을 꺾은 채 천장을 보다가 목에 뻐근함이 느껴질 즈음 목을 매만지며 자리에서 일어났다.

'일단 뭐 좀 먹어야겠다. 배고프니까 더 생각이 안 나네.'

고민을 계속하며 시카고 문화센터 밖으로 나온 건이 무작정 걸었다. 3분쯤 대로변을 걷다 보니 어느새 'Millennium Station' 앞에 도착했다. 지하철역을 나오는 입구 앞에 있는 핫도그 트럭을 본 건이 입맛을 다시며 다가갔다. 바로 옆에 마침 벤치도 있어서 앉아서 먹고 가면 되겠다는 생각에 건이 트럭으로 다가갔다.

트럭 안에는 60대 후반으로 보이는 백인 노인이 열심히 소시지를 굴리며 굽고 있었다. 건이 트럭 옆면에 붙은 메뉴판을 본 후 말했다.

"여기 치즈덕 하나랑 콜라 하나 주시겠어요?"

노인이 건을 본 후 희미하게 웃으며 고개를 끄덕였다. 건이 주머니에서 돈을 꺼내 노인에게 건네려 하자 차 뒤에 있다 나온 비슷한 연배의 할머니가 말했다.

"돈은 나한테 주면 돼요."

건이 할머니를 본 후 할아버지를 보자 그가 고개를 끄덕였다.

"내 마누라요. 돈은 그쪽으로 줘도 된다오."

건이 허리를 굽히며 두 손으로 예의 바르게 돈을 건네자 동양의 예의가 익숙지 않았던 할머니가 어정쩡하게 허리를 숙이며 두 손으로 돈을 받아 든 후 건을 보고 웃었다.

"젊은 총각은 일본 사람인가? 저번에 보니까 일본 사람들이 보통 이러던데."

건이 아니라며 고개를 흔들었다.

"한국 사람이에요. 한국도 예의 하면 빠지지 않는 나라랍니다."

건의 말에 할머니가 트럭 위에 놓인 바구니에 돈을 집어넣으며 웃었다.

"그렇군요, 금방 줄 테니까, 옆에 벤치에 잠깐만 앉아 있겠어요?"

건이 웃으며 벤치 옆에 앉았다. 밀레니엄 역은 유동 인구가 많은 편이었는데, 오전 시간이라 그런지 한산했다. 건이 벤치에 앉은 채 기지개를 켜며 생각했다.

'나오길 잘했다. 밖에 나오니까 그래도 머리가 좀 맑아지는 것 같네.'

"엄마가…… 고추밭에……."

건이 갑자기 뒤에서 들리는 노랫소리에 뒤를 보았다.

"한국어?"

한국어로 된 동요가 들려오는 곳을 두리번거리며 찾던 건의 눈에 벤치 뒤에 있는 잔디밭에 혼자 주저앉아 노래하고 있는 한 여인이 보였다.

여인은 30대 중반쯤으로 보이는 동양인이었는데, 말끔한 바지 정장 차림이었는데도 불구하고 잔디밭에 아무렇게나 주저앉아 있었다.

건이 몸을 뒤척여 좀 더 자세히 보니, 여인은 양반다리를 한 채 바닥을 보며 슬픈 눈을 하고 있었다. 고개를 떨군 채 한쪽 손은 자신의 왼쪽 가슴을 움켜잡고 있었는데, 그 모습이 너무나 아프고 슬퍼 보였다.

건이 무슨 일인지 궁금하기도 하고, 같은 한국인끼리 도울 수 있는 일이 있으면 좋겠다는 생각에 자리에서 일어나려 하는 찰나, 할머니가 핫도그와 콜라를 내밀었다.

"여기 있어요. 맛있게 드세요."

건이 할머니를 본 후 다시 여인을 보며 핫도그를 받아 들었다. 할머니는 건이 여인을 보자 함께 그녀를 보며 혀를 끌끌 찼다.

"오늘도 왔네. 저 여자."

건이 핫도그를 든 채 할머니에게 고개를 돌려 물었다.

"무슨 사연이라도 있는 분인가요? 너무 슬프게 노래를 하시네요."

할머니가 고개를 절레절레 흔들더니 건이 앉은 벤치에 앉았다. 할머니는 안타까운 눈으로 여인을 보며 말했다.

"나도 요 앞에 꽃집 하던 리사한테 들은 이야긴데…… 작년에는 우리가 여기가 아닌 다른 역에서 장사했었어요. 그래서 직접 보지는 못했는데……"

잠시 말을 잇지 못하던 할머니가 안타까운 눈으로 혀를 차더니 여인의 사정을 이야기했다.

"저 여자. 작년에 여기서 일어난 갱단 총격 사건에서 딸을 잃었다고 하더라고. 딱하기도 하지."

건이 눈을 동그랗게 뜨고 물었다.

"예? 총격 사건이요?"

할머니가 고개를 끄덕이며 말했다.

"그래요. 듣기로는 동양의 증권가에서 잘 나가는 펀드 매니저였다고 하던데, 스카우트 되어서 미국에 왔다고 하더라고. 그런데 지금은 저러고 있네. 세 살밖에 안 된 딸을 잃었으니 심정이 오죽하겠어요."

"네 살이었대."

갑자기 옆에서 들려오는 걸걸한 목소리에 옆을 보니 트럭 위에 있던 할아버지가 수건으로 손을 닦으며 다가왔다. 할아버지는 수건을 목에 두른 후 허리에 손을 얹으며 여인을 바라보았다.

"그 딸이 네 살이었다고 하더라고. 딸이랑 산책 중에도 일하 느라 전화기를 붙잡고 살았다고 했지. 그 일이 있었던 그 날도 전화 통화 중에 막 소리를 지르고 짜증을 내더래. 그래도 딸 앞 에서 언성 높이긴 그랬는지, 손을 잡고 있던 딸에게 잠깐 혼자 놀라고 하고 저쪽 건물 옆에서 통화하던 중에 일이 터진 거지."

건이 안타까운 눈으로 여인을 보았다. 여인은 자신의 가슴 을 쥐어뜯거나 두들기며 고개를 숙이고 눈물 흘리고 있었다. 여인은 목에 메인 목소리로 띄엄띄엄 작은 노래를 부르고 있 었다.

엄마가 고추밭에 일하러 가면.
아기가 혼자 누워 잠을 자다가.
바람이 불러 주는 자장가에.
꼬물꼬물 스르르르 잠이 듭니다.
아기는 잠을 곤히 자고 있지만.
고양이 울음소리 맘이 불안해.
다 못 찬 바구니 머리에 이고.
엄마는 논두렁을 달려옵니다.

노래가 끝나면 다시 고개를 숙인 채 땅을 쓰다듬다가 조금 시간이 흐르면 다시 노래를 불렀다. 그렇게 노래는 끊이지 않고 계속되었다. 할아버지가 딱하다는 눈으로 말했다.

"저 여자가 서 있는 자리가 그 딸이 총을 맞은 자리야. 자기가 자리를 비우는 바람에 아이가 죽었다고 자책하고 있지. 사실 같이 있었으면 같이 죽었을 텐데 말이야. 그때부터래. 저 자리에 저렇게 주저앉아서 알아들을 수도 없는 말로 종일 노래를 부른 게."

건이 여인에게서 눈을 떼지 못한 채 생각했다.

'그래서 혼자 남은 아기를 부르는 거구나……. 저 노래를 만든 사람이 6.25때 부산으로 피난을 내려 왔다가 집에 갓난아기가 있는 홀어머니가 어쩔 수 없이 밭에서 혼자 일을 하면서도 집에 혼자 남은 아기를 걱정하고 있는 것을 보고 지은 노래라고 했었지.'

"그래서…… 저 노래를 부르고 있는 거구나. 자신이 돌보지 못해 딸을 잃었다고 생각하니까."

건이 여인에게서 한참을 눈을 떼지 못했다. 들고 있던 핫도그가 다 식고 콜라에 김이 빠졌다.

옆에서 여인을 보던 할머니와 할아버지가 돌아가 다시 일할 때까지도 건의 눈길은 여인에게서 떨어지지 않았다. 그녀를 보고만 있어도 눈물이 났다.

'얼마나 아플까? 얼마나 후회될까? 얼마나 죄스러울까? 얼마나 보고 싶을까?'

건이 고개를 숙이고 생각했다.

'만약…… 나라면 버틸 수 있었을까? 내 잘못은 아니겠지만, 분명 그 상황을 겪었다면 자신의 탓이라도 하지 않고는 견딜 수 없겠지.'

건이 슬픈 눈으로 바닥을 바라보고 있자 그 모습을 지켜보던 할머니가 다가와 말했다.

"에휴, 총각. 핫도그 다 식었네. 이걸 어째. 안타까운 건 안타까운 거고, 남의 일에 뭐 그리 깊이 공감하고 그래. 산 사람은 살아야지. 빨리 핫도그 먹어요. 내가 다시 데워줄게, 이리 줘요."

건이 고개를 번쩍 들며 눈을 빛냈다.

'공감? 내…… 내가 이토록 슬픈 감정이 생기는 것이 공감 때문이었던 건가?'

건이 고개를 돌려 다시 여인을 보았다. 여인은 여전히 슬픈 눈으로 몸을 축 늘어뜨린 채 바닥을 바라보고 있었다.

'자신의 감정이 내는 소리를 그대로 몸으로 표현한다는 것은 저런 거구나.'

건은 막힌 곳이 뚫리는 기분이었지만, 저 안타까운 여인을 보고 이런 생각을 하는 자신이 죄스러워졌다. 들리지 않겠지만, 여인에게 작게 사과의 말을 했다.

'죄송합니다. 당신의 가늠할 수 없는 슬픔에 이런 생각을 한 것이 너무 죄송하네요. 언젠가 당신이 나아져 다시 음악을 들을 수 있는 날. 당신에게 치유를 주는 노래를 만들겠습니다. 부디 회복하시길.'

잠시 후 건의 핫도그를 데우러 다녀온 할머니가 벤치를 보았을 때 건은 이미 사라지고 난 후였다.

"아니, 이 총각이 어딜 갔어? 총각, 총각!"

연습실로 돌아온 건이 'Love alone'의 악보를 꺼내 들었다. 여전히 음표의 색은 연보라색이었다.

'열렬한 사랑을 뜻하는 색. 정말 맞을까? 연보라색을 열렬한 사랑이라고 말한 건 샤갈이었지, 라흐마니노프가 아니었어. 혹시 내가 잘못 생각하고 있는 게 아닐까?'

건이 악보 옆쪽 빈 공간에 영어 가사를 한글로 옮겨적어 갔다. 그러다 문득 한 부분에서 펜을 멈추었다.

내 곁에 있어요, 내가 요구하는 건 그게 다예요.
언젠가 이 순간이 당신에게 기억되지 못할 것도 알아요.
당신은 나와 같은 사람이니까요, 당신은 내가 원하는 모든 것.
우리가 죽을 때까지 이 삶은 여기에 있어요.
우리의 호흡, 우리의 피부, 우리의 마음, 우리의 정신.
당신은 유일하지만 똑같아요, 당신은 나와 같은 사람이에요.

건이 펜을 놓고 가만히 가사를 바라보았다.

'착각했다.'

"연보라색은 '열렬한 사랑'이 아니라, '혼자 하는 아픈 사랑'이었어. 감정 자체를 잘못 이해한 거였구나. 그래서 노래를 할 때 그렇게 집중해야 했던 거였어.'

'이 노래는 누군가에게 전하는 말이 아니다. 혼자 곱씹어 뱉지 못하는 말들이었어.'

건이 악보를 놓고 팔짱을 낀 채 눈을 감았다.

짝사랑이란 어떤 걸까?

나 혼자 사랑한다는 건 얼마나 힘든 일일까?

사랑하는 사람에게 말하지 못하고 숨겨야 하는…….

내 감정은 언젠가 해일이 되어 나를 덮치겠지.

내가 없는 곳에서 웃고.

내가 없는 곳에서 울고.

내가 없는 곳에서 기뻐하는 그녀의 일상 속에.

나는 없다.

내가 없이도 그녀가 행복하면 된다는 건.

거짓말이겠지.

그녀가 느끼는 모든 감정이 나로 인한.

것이길 간절히 빌 테니까.

감기처럼 숨길 수 없는 사랑을.

아프지 않다고 말하고 참아야 할 테지.

두렵고 슬프겠지.

내가 너의 일상적 흐름이 아닌

너의 일부이기를 빌겠지.

짝사랑을 해 본 적 없는 어린 건에게는 감정 자체의 해석이 어렵게 느껴졌다.

건이 악보를 접어 기타 가방에 넣고는 벽에 걸린 시계를 보았다.

오후 두 시. 라이브까지 30시간 남았다.

"케이트! 립스틱 그만 바르고 빨리 와요, 좋은 자리 맡으려면 빨리 가야 한다고요!"

아비게일이 답답한 듯 발을 동동 구르며 케이트에게 말했다. 토요일 오후 비행기로 시카고에 온 둘이 택시를 타고 시카고 그랜드 파크에 내린 시간은 오후 6시. 몬타나의 라이브 두 시간 전이었다.

케이트는 택시에서 내려 쇼윈도에 비친 자신의 모습을 보고는 거울을 꺼내 화장을 고치며 말했다.

"아비게일, 롤라팔루자 페스티벌은 처음이구나?"

아비게일이 주먹을 꼭 쥐고 손을 아래로 편 채 외쳤다.

"아! 케이트, 그런 말 할 시간 없다고요! 맞아요, 처음이에요, 처음!"

케이트가 태연한 표정으로 아비게일을 힐끗 본 후 거울을 가방에 넣으며 말했다.

"어차피 지금 가도 늦어. 거기는 팬들이 시작하기 3일 전부터 텐트 치고 자면서, 좋은 자리 다 선점한다고. 어차피 뛰어가도 똑같아, 바보."

아비게일이 케이트의 말을 듣고 힘이 빠지는지 몸을 축 늘어뜨렸다.

"하아, 어제 올걸. 건 씨 무대는 처음 보는 건데. 뒤에서 보면 잘 보이지도 않겠죠. 흑."

케이트가 웃으며 아비게일의 어깨를 두드려 주었다.

"걱정 마. 건 씨, 보컬이잖아. 대형 멀티비전에 계속 비춰줄 텐데 뭐. 일단 들어가면 나오기 힘드니까, 미리 화장실에 좀 다녀올게. 아비게일이 맥주랑 먹을 것도 사서 올래? 돈은 내가 낼게."

케이트가 지갑을 꺼내 10달러짜리 지폐 네 장을 꺼내주었다. 아비게일은 케이트에게 돈을 받아 들고 돌아서며 생각했다.

"망할 루카스. 뚱땡이, 나쁜 놈! 내 휴가 내가 쓴다는데 지가 왜 참견이야, 덕분에 가까이서 못 보게 생겼잖아. 돌아가면 커피에 침 뱉어서 줄 거야!"

귀여운 다짐을 하며 핫도그 트럭을 찾는 아비게일의 눈에 화장실을 가다 말고 멈춰 서서 남자들에게 추파를 던지고 있는 케이트의 모습이 들어왔다.

'하여간, 케이트. 진짜 못 말려. 와 근데 저 남자들 뭐지? 진짜 멋지긴 하네.'

케이트가 유혹하는 듯한 눈빛을 보내는 곳에 세 명의 남자가 서 있었다. 모두 검은색 정장 차림이라 라이브 공연장에서는 유독 눈에 띄었다.

한 남자는 삼십 대 중반에 검고 짧은 머리를 한 키가 큰 남성이었고, 한 명은 금발에 십 대 미소년 같은 이미지였는데, 금발이 허리까지 내려오는 특이한 모습이었다.

마지막 한 명은 쉽게 찾아볼 수 없는 백금발의 남자였는데, 뒤로 넘긴 머리는 호일펌을 했는지 사자의 갈기 같아 보였다.

셋은 추파를 던지고 있는 케이트는 안중에도 없는지 시종일관 무표정한 표정으로 무대를 보고 있었다. 아비게일이 케이트를 말려야겠다는 생각으로 가까이 다가가자, 셋의 대화가 들려왔다.

"오늘 밤이야, 푸르손. 아이가 잘 때 부탁해."

"네, 각하. 알고 있습니다."

아비게일이 고개를 갸웃하며 귀를 쫑긋했다.

'각하? 어디 높은 사람이라도 온 건가. 흑발의 남자가 각하라는 걸 보니 프랑스나 이태리계 같은데……'

"파이몬, 안드라스의 입은 다물게 해뒀겠지?"

"하하, 네 각하. 잘 일러뒀습니다."

"나 참, 떠버리 같은 놈."

아비게일이 이해할 수 없는 대화에 갸우뚱했지만, 어차피 주어가 없는 남의 대화가 이해될 리 없었기에, 몇 걸음 떨어진 자리에서 눈길을 보내고 있는 케이트를 뒤에서 안고 화장실로 끌고 갔다.

"케이트, 좀! 창피하게 굴지 말고 빨리 화장실로 가요, 좀!"

케이트는 아비게일에게 끌려가면서도 남자들에게 눈을 떼지 못했다.

"아, 잠깐만, 응? 저 오빠들 진짜 멋지지 않아? 봐 봐 좀!"

몸부림치는 케이트를 화장실에 밀어 넣은 아비게일이 화장실 거울에 비친 자신의 모습을 보고는 가방에서 파운데이션을 꺼내 두들겼다.

"케이트, 실랑이하다가 화장 지워졌잖아요. 힝!"

케이트가 화장실 안에 앉아서 말했다.

"근데, 아비게일. 아까 그 남자들 좀 이상한 소릴 했어."

아비게일이 한숨을 쉬며 말했다.

"남이 무슨 이야길 하든, 그런 것 좀 엿듣고 그러지 마요. 에휴!"

케이트가 화장실에 앉은 채 문을 조금 열고 말했다.

"그게 아니라, 그 사람들이 말하는 도중에 '건'이라는 말을 했다니까?"

아비게일이 거울에 비친 화장실 문 사이의 케이트를 보며 버럭 소리를 질렀다.

"케이트! 화장실에서 볼일 보면서 문 열지 마요."

케이트가 찔끔하더니 문을 닫으며 말했다.

"진짜라니까! 뭐, 무슨 에너지가 어쩌고 알아들을 수 없는 이야기를 한참 하던데."

아비게일이 가방에 파운데이션을 밀어 넣으며 말했다.

"아는 사람인가 보죠. 줄리어드 관계자가 어디 한둘이에요? 샤론 교수님이랑 코릴리아노 교수님도 어디 와 계실 텐데요 뭐."

케이트가 화장실에 앉은 채 고개를 갸우뚱하며 생각했다.

'줄리어드 관계자인 건가? 근데 그 뭐 에너지가 어쩌고 하는 말은 뭐였지?'

밖에서 아비게일이 빨리 나오라고 독촉하자 급하게 뒤처리를 하고 화장실을 나선 둘이었다.

그 시각, 무대 뒤 대기실.

건이 초조한 눈으로 시계를 보며 다리를 떨고 있었다. 카를로스와 로비는 느긋하게 앉아 대기실에 준비된 TV로 라이브 무대를 보고 있었고, 베이스와 드럼을 맡은 세션맨들은 자신들의 악기를 점검하고 있었다.

로비가 긴장한 모습이 역력한 건을 보고 피식 웃으며 말했다.

"케이, 누구에게나 처음은 있는 법이야. 긴장하는 건 이해하지만, 즐기려고 노력해 봐."

건이 팔짱을 끼고 다리를 꼬았지만 긴장한 표정이 가시질 않았다.

"아, 아, 알았어요."

카를로스가 괜찮은 척하는 건을 보더니 로비를 보며 실실 웃었다.

"네가 지금 누구한테 조언하는 거냐? 로비, 너 첫 무대 기억 안 나?"

로비가 곤란한 표정으로 입을 다물자 카를로스가 웃으며 말했다.

"이봐, 케이. 로비 이 녀석, 첫 무대 때 긴장해서 화장실을 열 번도 넘게 갔다 왔다고. 으하하!"

로비가 계면쩍게 웃으며 뒤통수를 긁었다.

"그러니까, 이해한다고 했잖아요."

건이 로비를 바라보며 카를로스와 함께 웃고 있는데, 누군 가 다가와 카를로스에게 인사를 건넸다.

"안녕하세요, 미스터 몬타나."

카를로스가 웃고 떠들다 말고 그를 돌아보더니 반색하며 손을 내밀었다.

"오, 빌리. 오랜만이군. 오늘 우리 다음 무대라지? 제대로 휘 저어 놓을 테니 마무리 잘 부탁해."

보라색의 짧은 머리에 왁스를 발라 붕 띄운 빌리가 웃으며 악수했다.

"네, 부탁 좀 드려요. 분위기 좀 화끈하게 잡아주세요."

카를로스가 웃으며 빌리의 등에 손을 댄 채 말했다.

"이쪽은 로비 미치스. 알고 있지?"

빌리가 웃으며 손을 내밀었다.

"그럼요, 미스터 미치스. 몇 년 전에 한 번 뵈었죠?"

로비가 그의 손을 잡으며 씨익 웃었다. 카를로스는 고개를 돌려 건을 보며 말했다.

"이쪽은 케이. 이번에 우리 객원 보컬을 해 줄 친구야. 케이, 인사해. 이쪽은 빌리 조 암스트롱."

건은 이미 빌리가 나타날 때부터 혼이 나가 있었다.

'비…… 빌리 조 암스트롱…… 그, 그린 데이!'

빌리가 웃으며 손을 내밀었다.

"몬타나가 객원 보컬로 삼는 이는 항상 멋진 실력을 갖추고 있었죠. 앞으로 잘 부탁해요."

건이 얼떨떨한 표정으로 악수하자 카를로스가 웃으며 그의 어깨를 두드렸다.

"자, 그럼 이제 곧 우리 무대니, 나중에 또 이야기하자고."

빌리가 알겠다는 고개를 끄덕였다.

"에, 저희 무대도 보고 가실 거죠?"

카를로스가 호쾌하게 고개를 끄덕이며 웃었다.

"그럼! 신나는 공연일 텐데 우리도 즐겁게 보고 가겠네."

빌리가 손을 흔들며 사라지자 건이 카를로스에게 물었다.

"와…… 제가 그린 데이를 보다니, 믿기지 않네요."

로비가 그런 건을 보고 피식 웃었다.

"몬타나랑 같이 무대에 서는 놈이 뭐 그런 거로 놀래고 그래?"

카를로스 역시 건을 보고 웃으며 말했다.

"자, 이제 슬슬 올라가야 돼. 케이 넌 세 번째 곡에 나오면 되니까, 대기실에서 지켜보고 있다가 두 번째 곡이 시작하면 무대 뒤로 와 있어. 알았지? 마이크 체크는 로비가 알아서 해 둘 거야."

건이 고개를 끄덕이자, 몬타나의 멤버들이 무대 뒤로 이동했다. 혼자 남은 건이 TV로 무대를 보자 앞 무대가 끝났는지 진행 요원들이 급히 무대를 정리하고 있었다.

잠시 후, 텅 빈 무대에 불이 꺼졌다.

관객들이 오늘의 메인 무대인 몬타나의 라이브가 시작된다는 것을 아는지 환호했다.

"와아아아아아!"

어두운 무대에 갑작스럽게 게인을 올리고 디스트를 죽인 몬타나 특유의 기타 음이 울렸다.

지이이이이잉. 징, 징, 징! 지잉, 지잉. 지리리!

연주되는 멜로디는 몬타나 최고의 히트곡 Soft의 도입부에 나오는 기타 연주였는데, 원곡과 다르게 매우 느리게 연주되어 긴장을 고조시켰다. 잠시 후 드럼과 콩가가 세 박자를 치며, 무대에 불이 들어왔다.

쿠쿵, 쿵!

불이 켜지자마자 몬타나의 Soft가 시작되었다.

특유의 빠르고 신나는 라틴 록의 선율이 울려 퍼지자 관객들이 소리를 지르기 시작했고, 무대 가장 앞에 서 있던 카를로스가 열정적인 기타 연주를 보였다. 전주가 끝나자 드럼 뒤에 있던 로비가 모습을 드러내었다.

"꺄아아아아아아아아!"

관객들이 소리를 질러댔고, 로비가 노래를 시작하자 신나는 리듬에 맞춰 관객들이 일렁였다.

햐, 정말 말도 안 되는 날씨야!

태양이 내 코앞에서 춤을 추는 것 같아.

당신의 속삭임이 들리고, 그 속삭임 때문에 나와 친구들의 마음이 녹아버릴 것 같아.

그렇지만 당신은 너무 침착하게 있군.

Soft가 주는 바닷가의 파티 같은 느낌에 관객들이 하나둘씩 춤을 추기 시작했다. 대부분의 여성 관객들이 두 손을 높게 들고 몸에 웨이브를 주며 춤을 추었고, 남자들 역시 그런 여자들과 눈을 맞추며, 함께 춤추었다.

역시 몬타나였다.

그들은 순식간에 무대를 휘어잡았고, 순식간에 모든 이를 라틴의 열정적인 댄스에 빠져들게 하였다.

첫 곡이 끝나자 관객들이 환호할 틈도 없이 두 번째 곡이 시작되었다. 베이스를 맡은 세션맨에게 스포트라이트가 쏘아지자, 베이스와 드럼의 솔로가 시작되었다.

둥, 두둥, 둥, 둥, 둥, 두둥, 둥!

바로 이어진 카를로스의 기타 솔로가 선율에 얹어졌다.

띠리링 땡땡 땡땡.

관객들이 직감적으로 몬타나의 또 다른 히트곡, Hannah의 전주인 것을 눈치채고 환호했다. 로비가 앞으로 나서며 애절한 목소리로 노래하기 시작했고, 슬픈 노래지만 적당히 빠르고 몸을 흔들기 좋은 선율에 관객들이 다시 춤을 추기 시작했다.

몬타나의 무대는 한 마디로 열정적인 라틴의 댄스와 유혹의 춤사위가 어우러지는 무대였다.

오! 한나, 한나.

그녀는 멕시코에서 사랑에 빠졌어요, 멀리 들리는 기타 소리에 말이에요, 예, 예.

카롤로스 몬타나가 연주하는 기타 말이에요.

카를로스는 시종일관 눈을 감고 기타를 흔들며 열정적인 연주를 했고, 두 번째 곡이 끝났다. 건은 두 번째 곡 2절의 후렴구를 하는 도중 무대의 커튼 뒤로 와 진행 요원에게 마이크를 건네받았다.

곧 두 번째 곡이 끝나고, 관객들의 박수와 환호 소리가 들려왔다. 긴장된 표정의 건이 고개를 내밀어 무대를 보았다. 끝이 보이지 않는 관객의 물결이 눈에 들어왔다.

이제 건의 차례다.

♪♪

와아아아! 휘이이이이익!

"꺄아아아아아악!"

10만이 넘는 관객들이 환호하고 있는 시카고 그랜드 파크의 메인 무대 위에 관객들의 환호에 손을 흔들며 답하던 로비가 무대 옆 앰프들 뒤에 서 있는 건을 힐끗 본 후 왼쪽 대형 앰프 위로 뛰어 올라섰다. 관객들은 로비를 주목하며 더 큰 환호를 보내 주었다.

로비가 손을 위로 들며 관객들을 주목시키고 말했다.

"오늘 이 자리. 롤라팔루자 페스티벌의 이름에 걸맞게 땅과 하늘을 울릴 수 있는 축제를 함께할 수 있어서 정말 기쁩니다."

"와아!"

관객들이 로비의 말에 환호를 보냈다. 로비는 웃으며 여기저기 손을 흔들어주다 오른손으로 무대를 가리키며 말했다.

"기타에 카를로스 몬타나!"

지잉…… 지키지키지키지징…….

로비의 소개에 따라 카를로스가 짧게 기타 애드리브를 연주하자, 관객들은 더 큰 함성으로 맞았다.

와아아아! 아아아!

70대의 나이가 무색하게 열정적인 연주를 하는 카를로스는 세계적인 뮤지션다웠다. 로비가 관객들의 환호가 잦아들 때까지 기다렸다 다시 외쳤다.

"그리고, 이 자리! 여러분께 몬타나의 새 얼굴을 소개합니다! 줄리어드의 어린 천재! 케이!"

관객들이 생소한 이름에 고개를 갸웃했지만, 일단 박수로 맞아주었다. 관객들은 서로의 얼굴을 보며 어리둥절한 표정을 감추지 못했다.

"케이? 그게 누구야?"

"줄리어드라는데?"

"거기 클래식 뮤직 스쿨 아니야?"

"줄리어드면 음악 천재들이 가는 학교 아냐?"

"누군데, 누군데, 너 들어 봤어?"

"몰라, 잘하나 보지! 그냥 즐겨!"

무대 뒤편에서 건이 모습을 드러냈다.

하와이안 남방과 화려한 외투, 원색 바지를 입은 몬타나의 멤버들과 달리 건은 검은 슬랙스에 검은 구두, 검은 코트를 입고 있었다.

속에 입은 셔츠만 하얀색 드레스 셔츠를 입은 건이 모습을 드러내자 관객들이 웅성거리며, 건을 가리켰다.

남자 관객들이 갸우뚱하는 시선을 보내는 사이, 여성 관객들의 함성이 터져 나왔다.

"꺄아아아아!"

"어떡해, 완전 잘생겼어!"

"완전 내 스타일이야! 어머 어머, 저 검은 머리, 완전 신비롭게 생겼다!"

"꺅꺅! 어떡해!"

남성 관객들은 여성 관객들의 반응에 대형 멀티비전에 비친 건의 얼굴을 다시 보았다.

"휘익! 진짜 잘생기긴 했네."

"멋있다. 노래도 잘하나 어디 한번 해봐!"

건이 무대 아래를 내려다보았다.

아직 추운 날씨에도 불구하고 팔을 걷어붙이거나, 셔츠를 벗고 상체를 드러낸 남자들이 자신의 옷을 들고 공중에 휘두르며 환호하는 것이 보였다.

준비를 마친 건이 카를로스와 로비를 보자, 둘이 싱긋 웃으며 엄지를 들어 보였다. 건이 고개를 살짝 끄덕이자, 카를로스가 고갯짓으로 드럼과 콩가 세션맨에게 신호를 보냈다.

프로페셔널한 연주자들답게 베이스 기타 세션맨 앞에 앉아 있던 클래식 기타리스트가 연주의 시작을 알리며, 콩가와 팀발레가 합류하였다.

동시에 베이스 기타의 낮은 저음이 선율을 그리고, 8마디가 지나자 카를로스의 기타 연주가 합류했다.

서정적인 전주가 흐르고, 드럼이 합류했다. 음악은 서정적으로 시작해, 가볍게 몸을 흔들며 춤을 출 수 있는 리듬감 있는 곡으로 변해갔다.

무대의 조명이 관객들을 여기저기 비추며 긴장감을 고조시켰고, 관객들이 한 명씩 양손을 들며 춤을 추기 시작했다.

앞선 두 곡의 영향으로 무대에 집중하는 관객보다는 음악에 취해 자기들끼리 춤을 추며 즐기는 관객의 수가 더 많아 보였다.

건이 눈을 감았다.

보컬이 합류할 시점까지 눈을 감고 있던 건이 눈을 뜨며 10만여의 관객의 머리 위. 하늘을 바라보며 입을 열었다.

내 곁에 남아줘요, 내가 당신에게 말하고 싶은 말이에요.

너무도 애절한 목소리가 장내에 울려 퍼지자, 각자 춤을 추며 연인이나 친구를 바라보던 관객들의 고개가 무대 쪽으로 획 돌려졌다.

대형 멀티비전에 비친 너무도 아름다운 청년이 아련한 표정을 지으며 하늘을 바라보고 있었다.

언젠가는 당신이 이 순간을 잊을 거란 걸 잘 알아요.

몇몇 여성 관객이 두 손을 가슴에 끌어모으며 몽롱한 표정을 지었다. 간주가 흘러나오는 동안 춤을 추던 관객 중 그 누구도 더 이상 춤을 추지 못했다. 모두가 무대 위에 선 아름다운 청년에게서 눈을 떼지 못했다.

건이 눈가를 떨며 사랑하는 이를 멀리 떨어져 바라보는 듯한 표정으로 오른손을 올려 잡히지 않는 누군가의 뺨을 쓸어주며 노래했다.

놓치지 말아요, 당신의 모든 것에서 등을 돌리지 말아요.
당신이 알고 있다고 생각하는 것은 사실이 아니에요.
혼자 두지 말아요, 당신이 매달렸으면 해요.

무대 위 세션맨들도 로비도 모두 건을 보고 있었다. 특히 로비는 자연스럽게 라틴의 리듬에 몸을 맡기며 고개를 돌려 건을 보며 함박웃음을 짓고 있었다.

카를로스가 건의 보컬 위를 미끄러지는 기타를 열정적으로 연주하며 살짝 떨리는 자신의 손을 바라보고 순간 눈썹을 꿈틀했다.

'내가 떨고 있다?'

카를로스가 눈을 감았다. 마치 '나는 카를로스 몬타나다'라고 말하는 듯한 그가 끝까지 집중력을 놓치지 않고 보컬 라인

과 어우러지는 기타 선율을 뽑아냈다.

건이 로비가 올라섰던 대형 앰프 위에 발을 올리며 자연스럽게 몸을 흔들었다.

당신을 사랑하니까요, 당신은 내가 원하는 모든 것이에요.
내가 죽을 때까지 나의 삶은 당신에게 있어요.
나의 마음, 나의 피부, 나의 영혼, 나의 육체.
당신은 유일하지만 똑같아요, 혼자 하는 사랑이에요.

1절이 끝나고 멍하게 건을 보던 관객들이 정신을 차리며 환호했다.

"으아아아아아아아!"

"뭐야 이거! 쟤 누구야!"

"꺄아아아아악! 케이, 케이!"

"나 오늘부터 네 팬이야 케이! 꺄아아악."

"줄리어드 앞에서 텐트 친다!"

특히 여성 관객을 위주로 터져 나온 함성은 남성 관객들에게도 전염되었고, 간주에 맞추어 10만여의 관객이 들썩들썩 춤을 추기 시작했다.

무대에서 멀리 떨어진 뒤쪽에서 무대를 바라보고 있던 아비게일은 시종일관 몽롱한 눈으로 멀티비전에 비친 건의 모습에

서 눈을 떼지 못했다.

'어떡해, 노예라도 좋으니 날 데려가요! 건.'

케이트 역시 옆자리에서 입을 떡 벌리고 건을 보다가 정신을 차리고 아비게일의 옆구리를 쿡쿡 찌르며 말했다.

"얘, 너 쟤 포기해라. 저건 네가 잡을 수 있는 수준의 남자가 아니잖아."

케이트는 대답 없이 멍하게 무대만 바라보는 아비게일 쪽으로 고개를 돌리다 조금 떨어진 곳에 있는 세 명의 남자를 보았다.

무대가 시작하기 전에 본 멋진 세 남자는 노래가 시작되고 나서도 시종일관 팔짱을 낀 자세로 무표정하게 무대를 바라보고 있었다.

케이트가 고개를 갸웃하며 셋을 자세히 보고 있을 때 가운데 서 있던 키가 큰 흑발의 남자가 웃으며 뭐라고 말하는 것이 들렸다.

"잘하고 있네. 내가 좀 도와줄까?"

옆자리에 있던 금발 미소년이 살짝 눈을 크게 뜨며 흑발의 남자를 보며 말했다.

"예? 개입하시려는 겁니까, 가마긴 각하?"

흑발의 남자가 금발 미소년을 돌아보며 씨익 웃었다.

"뭐, 조금쯤은 괜찮잖아? 벌써 엄청난 성력이 모이고 있으니, 지금은 조금 손해를 보더라도 모험을 해볼 가치가 충분하지."

흑발의 남자가 오른손을 하늘 위로 뻗고 손가락을 튕겼다. 케이트는 무슨 상황인가 싶어 고개를 갸우뚱하다가 흑발의 남자가 가리킨 하늘을 보았다.

하늘에서 마치 투명한 물통에 물감을 떨어뜨린 것과 같은 빛무리가 내려왔다. 빛은 하늘색과 황갈색으로 그라데이션 되어 알록달록했는데 물에 번지듯 내려오며 하늘거리는 것이 마치 바람에 흩날리는 커튼 같았다.

케이트가 그 모습에 놀라 눈을 동그랗게 뜬 채 손가락으로 하늘을 가리켰다.

"오로라?"

시카고 그랜드 파크 상공에 극지방 상층 대기권에나 생성된다는 오로라가 내려앉았다. 10만여의 관객들이 놀라 하늘을 보았다.

그 사이 건이 앰프 위에서 무릎을 꿇고 2절을 부르기 시작했고, 너무나 아름다운 오로라와 건의 목소리에 취한 관객들의 눈이 하나둘씩 풀려갔다.

대형 멀티비전에 비친 건이 오로라 쪽을 애절한 눈으로 보며 손을 내밀었다. 건의 눈에 오로라 안에 비친 한 여인의 모습이 들어왔다.

밤하늘처럼 검은 머리카락. 너무도 정갈하고 청순해 보이는 여인이 오로라 속에서 웃고 있었다. 건은 곡이 주는 감정에 따른 환상이 자신의 눈에만 보이는 것으로 생각하고, 그 여인을 잡기 위해 수없이 손을 뻗으며 노래했다.

시카고 그랜드 파크에 모인 10만여의 관객들은 저마다 상공에 뜬 오로라 안에 비친 사랑하는, 혹은 사랑했던 사람의 모습을 보고 있었다. 공통점은 그것이 누가 되었든, 언제가 되었든 자신의 인생에서 한 번쯤 있었던 짝사랑의 상대가 비쳐 보였다는 것이었다.

여인을 보는 건의 눈에 눈물이 맺혔다. 잡으려 해도 잡을 수 없는 그녀를 안타까운 눈으로 보던 건의 입에서 마지막 후렴구가 터져 나왔다.

당신을 사랑하니까요, 당신은 내가 원하는 모든 것이에요.
내가 죽을 때까지 나의 삶은 당신에게 있어요.
나의 마음, 나의 피부, 나의 영혼, 나의 육체.
당신은 유일하지만 똑같아요, 혼자 하는 사랑이에요.

멍하니 오로라 속에 환상을 보고 있던 로비도, 기타를 연주하면서도 오로라에서 눈을 떼지 못하고 눈을 파르르 떨고 있는 카를로스도, 각자 음악에 어우러진 환상을 보는 10만여의 관객들도.

연주가 끝나고 난 뒤에도 한참 동안 멍하니 하늘을 바라보고 있었다.

정신을 차리지 못한 관중들이 멍하니 하늘을 바라보거나, 멀티비전에 비친 건을 바라보고 있던 때.

관객 석 군데군데 설치된 철제 구조물 위에 있던 카메라맨들이 화들짝 정신을 차리고는, 자신의 카메라에서 재빨리 LED 화면을 돌려 방금 녹화된 부분을 재생하였다.

한 카메라맨이 고개를 저은 후 다른 카메라맨이 있는 구조물을 쳐다보자, 그쪽의 카메라맨도 머리 위로 손을 높이 들어 엑스자를 그렸다. 어떤 카메라에도 오로라의 모습이 담기지 않았기 때문이다.

카메라맨들 모두가 저마다 안타까운 표정으로 서로를 바라보았다.

10만 명의 관객이 모여 있다고는 믿을 수 없을 만큼 고요한 시카고 그랜드 파크의 뒤쪽 언덕 위로 세 남자가 걸어가는 뒷모습이 보였다. 사자 갈기 같은 머리를 한 남자가 흑발의 남자에게 물었다.

"가마긴 각하. 인간들에게 각자 사랑했던 상대를 보여주신 겁니까?"

가마긴이 미소를 지으며 고개를 끄덕였다.

"그렇네, 푸르손. 아이가 말하고자 하는 것이 그것이었으니까."

푸르손이 뒤를 힐끗 보며 말했다.

"그럼 저 아이에게 보인 여자는 누구였습니까?"

금발 머리 미소년의 모습을 한 파이몬이 파안대소하며 웃었다.

"푸하하하하!"

푸르손이 갑자기 웃음을 터뜨리는 파이몬을 의아한 눈으로 보자, 가마긴 역시 웃으며 말했다.

"내 마누라."

푸르손이 이상한 표정을 지으며 고개를 갸우뚱했다.

"예? 릴리스 님이란 말입니까?"

가마긴이 뒤를 돌아 무대 위에 있는 걸 보며 웃었다.

"저 아이가 아직 사랑의 경험이 없거든. 그냥 뒀으면 제 어미나, 여동생을 떠올렸겠지. 그랬다면 음악을 듣는 인간들도 마찬가지의 대상을 떠올리게 되었을 거야."

파이몬이 웃음을 참는지 얼굴을 빨갛게 물들이며 말했다.

"크흐흡, 저 아이는 꿈에도 모르겠지요. 감히 지옥의 대 후작 부인을 짝사랑 대상으로 생각하다니. 크하하핫!"

가마긴이 파이몬과 함께 웃다가 푸르손의 등을 두드리며 말했다.

"자, 가자고. 너무 오래 있었네. 푸르손 자네는 오늘 밤에 잘 부탁하네."

푸르손이 고개를 끄덕이자, 언덕을 넘어가며 세 남자가 서서히 사라졌다. 셋의 모습이 거의 보이지 않을 무렵 가마긴의 손이 올라가며 손가락을 튕겼다.

"딱!"

순간 가마긴이 사라진 무대의 가장 뒤부터 멍해져 있는 관객들이 깨어나기 시작했다. 그와 동시에 관객들의 환상도 깨어지고, 오로라 역시 사라졌다. 정신을 차린 사람들이 입을 떡 벌리며 서로를 바라보다 다시 무대를 보고는 환호를 보내기 시작했다.

"와아악!"

"최고다!"

"브라보!"

뒤에서부터 시작된 환호성이 무대 앞까지 전달되었다. 순식간에 시카고 그랜드 파크는 엄청난 환호에 휩싸였고, 손을 들고 껑충껑충 뛰는 사람들 덕에 무대 위에 있던 건의 눈에 인파로 만든 파도가 비쳤다.

까를로스가 기타를 치는 자세 그대로 고개를 숙이고 눈을 감고 있다, 고개를 뒤로 젖혔다. 잠시 눈을 파르르 떨며 기분을 만끽한 그가 서서히 눈을 뜨고 맨 먼저 건을 보자, 앰프 위에 무릎을 꿇고 앉은 모습 그대로 관객들을 내려다보고 있는 건의 옆 모습이 눈에 들어왔다.

까를로스가 기타를 치기 위해 낮췄던 자세를 풀고 서서는 건을 뚫어지게 보았다.

'뮤즈(muse)…… 내게도 뮤즈가 찾아왔구나.'

카를로스는 떨리는 눈가를 매만지며 주위를 돌아보자, 무대의 맨 앞에 있던 로비가 고개를 돌린 채 건에게 시선을 고정하고 있는 것이 눈에 들어왔다.

카를로스는 피식 웃으며 로비에게 다가가 등을 툭툭 쳤다. 화들짝 놀란 눈으로 카를로스를 본 로비가 떨리는 목소리로 건을 가리키며 말했다.

"바, 방금 그거 뭐였어요?"

카를로스가 뒤로 돌아 무대를 나가며 말했다.

"뮤즈. 우리는 오늘 뮤즈를 본 거야."

오늘의 메인 무대였던 몬타나가 무대 뒤로 퇴장하고, 다음 무대를 위해 준비 요원들이 뛰어 올라왔지만, 시카고 그랜드 파크에서 울려 퍼지는 환호는 그날의 경연이 끝날 때까지 영원히 계속되었다.

그날 밤.

로비와 카를로스는 호텔로 돌아와 술이 떡이 될 때까지 취했다. 무엇이 그리 좋은지 연신 웃음을 흘리며 술병을 통째로 들고 다니며 술을 퍼붓는 둘이었다.

그들과 함께 술을 먹지도 않는 자신을 방으로 돌아가지 못하게 하는 둘을 보며 건은 그저 웃고만 있었다. 새벽까지 술을 마시며 자축하던 그들이 하나둘씩 잠에 빠진 것은 거의 해가 뜨기 직전의 새벽녘이었다. 건 역시 바닥에 널브러진 술병 사이에서 잠이 들었다.

오전 11시.

건이 부스스한 눈을 비비며 일어났다. 벽에 걸린 시계를 멍한 눈으로 보던 건이 까치집이 된 머리를 대강 정리하고 자리에서 일어나, 자신의 기타를 집어 들었다.

부스럭거리는 소리에 눈을 반쯤 뜬 로비가 나갈 준비를 하는 건에게 물었다.

"응? 뭐야, 어디 가?"

건이 바닥에 누운 채 반만 눈을 뜨고 묻는 로비에게 작게 웃음 지었다.

"꼭 가봐야 할 곳이 있어서요."

로비가 잠결에 물어본 듯 금방 다시 잠에 빠져들자, 조심스럽게 까치발을 들고 호텔 방으로 나온 건이 길을 걸었다.

시카고의 아침은 어제의 라이브는 금방 잊힌 듯 바쁘게 돌아가고 있었다. 건이 10분쯤 걸어 도착한 곳은 밀레니엄 역이었다.

그곳에는 여전히 노부부가 운영하는 핫도그 트럭이 있었고, 당연하게도 비어 있는 벤치가 눈에 들어왔다.

건이 벤치로 걸어가 기타를 내려놓고 주위를 두리번거렸다. 그러자 트럭 뒤에서 부산하게 핫도그 포장지를 접고 있던 할머니가 건을 보고는 반색하며 다가왔다.

"아니, 이봐요. 또 왔네. 어제 핫도그 데워주려고 가져간 사이에 없어지고 말이야. 내가 다시 하나 맛있게 구워 줄 테니까 먹고 가요, 여보! 핫도그 하나!"

건이 할머니를 보며 웃어준 후 물었다.

"저쪽에 어제 계셨던 분은 오늘 안 오셨나요?"

할머니가 수건으로 손을 닦으며 말했다.

"응, 그 여자? 이제 올 시간 됐어요. 매일 11시 반쯤 되면 오니까요, 그런데 왜 물어요?"

할머니가 의아한 눈으로 묻자 건이 벤치에 앉아 웃으며 기타를 꺼냈다.

"갚을 빚이 있어서요."

할머니가 기타를 꺼내는 건을 내려다보며 물었다.

"갚을 빚?"

건이 아무 말 없이 이를 드러내고 웃다가, 저 멀리 여인이 오는 것을 보고는 가만히 그녀를 바라보았다.

그녀는 힘없이 걸어와 어제와 똑같은 그 자리에 서서 바닥을 보며 슬픈 눈을 하고 있었다. 건이 벤치에 거꾸로 앉아 기타를 다리 위에 올리고는 연주를 시작했다.

옆에 서서 그 모습을 보던 할머니가 너무나 슬프고도 아름다운 선율의 연주에 놀란 눈으로 건을 바라보았다. 지나가던 행인들 역시 갑자기 들려오는 기타 소리에 고개를 돌렸다. 건이 눈을 여자에게 고정한 채 입을 열었다.

하루를 기다리는 방랑자의.

삶을 살았던 내 인생에 대해.

당신께 자주 얘기했었죠.

할머니가 너무도 아름답고 슬픈 건의 목소리를 듣고 자신의 입을 가렸다. 소리를 지르면 건의 노래에 방해가 될 것 같았기 때문이다. 건이 자신의 노래가 들리지 않는 듯 땅을 보고 있는 여자를 보며 노래를 이었다.

내가 당신 손을 잡고.

노래를 불러 주면.

당신은 이렇게 말할지도 모르죠.

'내 곁에 누워서 날 사랑해 주세요.'

그럼 난 기꺼이 당신 곁에 머무르겠어요.

건의 노래가 계속되자, 노래를 들은 행인들이 발걸음을 멈췄다. 건에게 시선을 돌린 사람들은 곧 건이 바라보고 있는 여자에게 시선을 돌렸다. 영문을 몰랐던 사람들이지만 심상치 않은 여자의 모습과 그녀를 바라보며 노래하는 건의 모습에 저마다 가던 길을 멈추고 조용히 그들을 바라보았다.

난 여행을 많이 다니며.

뭔가 새로운 것을 찾아다녔어요.

나이가 들어 추운 밤이 찾아오면.

당신이 없는 난 방황했었죠.

그런 때에 난 당신이 바로 곁에.

서 있는 걸 내 눈으로 본 것 같았어요.

눈이 먼 것처럼 혼란스러웠지만.

당신은 여기에 없는걸요.

건의 읊조리는 듯한 노래는 주변 모든 이의 귀에 똑똑히 꽂혀 들어갔다. 마치 이어폰을 낀 채 듣는 노래인 것처럼 모두의 귓가에 큰 공명으로 울림을 주었다.

이제 난 나이가 든 것 같아요.
내가 즐겨 부르던 노래는.
풍차 돌아가는 소리처럼.
멀리서 메아리 치고 있어요.
난 아무래도.
군인일 수밖에 없나 봐요.

여인의 발아래로 눈물 한 방울이 떨어졌다. 한 방울, 두 방울 떨어지던 눈물이 후드득 떨어지기 시작했다.
"으…… 으흐흑, 흐흐흑"
여인이 점점 많은 눈물을 흘리며 어깨를 들썩이더니, 결국 바닥에 주저앉아 오열하기 시작했다.
"아아아앙! 으흐흐흑."
건이 기타를 연주하며 그녀를 바라보았다.
'그래요, 차라리 우는 게 나아요. 울어요. 더 크게.'
여인의 너무나 서글픈 울음소리와 애절한 기타 음이 어우러져 밀레니엄 역에 울려 퍼졌다.

지하철역에서 막 올라와 들리는 노랫소리에 어리둥절한 표정을 짓는 남자도, 바쁘게 어디론가 가던 중년인도, 트럭에서 소시지를 굽던 할아버지도.

모두 건이 아닌 여인을 보고 있었다.

그때 핫도그를 팔던 할머니가 여인 쪽으로 움직였다. 할머니는 천천히 그녀에게 걸어가 그녀의 어깨에 한 손을 올리고 그녀 앞에 쪼그리고 앉은 후에 머리를 쓸어주었다.

눈물범벅이 된 그녀가 할머니를 올려다보자, 할머니가 그녀의 두 손을 꼭 잡아주었다. 서로 아무 말 하지 않았지만 하고 싶은 말이 들려오는 듯했다.

'힘내세요.'

할머니와 여인의 모습을 바라보고 있던 주위 사람들이 움직였다. 어느새 그녀의 주변에 열 명이 넘는 사람들이 서 있었고, 하나둘씩 그녀의 어깨를 매만져 주거나 안아주었다.

모두가 아무런 위로의 말을 건네지 않았고, 그녀의 사정을 알고 있는 사람도 없었지만 그 날의 밀레니엄 역 앞에는 위로의 눈짓을 건네는 사람들이 가득했다.

건이 기타 연주를 멈추었지만, 사람들의 발길은 끊이지 않았다. 건이 벤치에서 일어나 기타를 가방에 넣고 일어나서 여인 쪽을 향해 정중히 고개를 숙였다.

'아직 당신에게 닿기에 내 노래가 모자라네요. 어쩌면 당신의 슬픔을 더 키웠는지도 모르지만, 언젠가 꼭 당신을 위로해 줄 수 있는 음악을 만들어 낼게요. 정말 고마웠습니다.'

◈ 2장 ◈
화이트 팔콘 '하쿠'

이틀 후 건이 줄리어드로 돌아왔다.

도착 다음 날 Montana의 앨범을 녹음한 건은 처음 녹음 작업에 참여하는 것이라 긴장했었지만, 함께 녹음한 샤론의 도움으로 6시간에 걸친 녹음을 무사히 마칠 수 있었다.

샤론 교수가 며칠간 쉬라고 했지만, 연습할 시간이 없다며 매일 학교 연습실에서 연습을 한 건이 샤론의 부름에 교수실로 향하고 있었다.

그동안 학교에 롤라팔루자 페스티벌에 대한 소문이 퍼졌는지, 교내의 복도를 지나가는 건의 모습을 보며 수군거리는 학생들이 많았다.

"쟤가 케이야?"

"몬타나랑 라이브 했다는 개?"

"진짜 잘생겼다……. 헤에……."

이틀 전만 해도 자신을 보며 수군거리는 학생들 덕에 고개를 숙인 채 빠른 걸음을 걷던 건이었지만, 그런 시선에 조금씩 익숙해졌는지, 며칠이 지난 지금은 크게 신경을 쓰지 않고 걸음을 옮기는 건이었다.

그런 건의 앞을 여학생 셋이 가로막았다.

건이 뭐냐는 듯 셋을 번갈아가며 쳐다보자 셋 중 한 명이 노트와 펜을 내밀며 말했다.

"저기, 케이. 사인 좀 해주시면 안 돼요?"

건이 눈을 동그랗게 뜨고 물었다.

"사인이요?"

눈웃음을 지으며 부끄러워하는 여학생들을 번갈아 보던 건이 물었다.

"여기 학생이 아니신가요?"

여학생들이 주위 눈치를 보며 조용히 말했다.

"맞긴 한데…… 저희는 아직 예비 학교 과정(pre-college division)을 밟고 있는 학생이에요."

건이 노트와 펜을 펼쳐 능숙하게 사인을 한 후 여학생들을 보며 물었다.

"이름이 뭐예요?"

여학생 중 하나가 손을 번쩍 들고 말했다.

"나탈리예요! 와 사인 요청 많이 받으시나 보다. 되게 능숙하게 해주시네요, 헤헤."

"오빠, 전 리나요!"

"전 '내 사랑 제니'라고 써 주세요!"

학생들은 건이 한국과 중국에서 얼마나 인기 있었는지 몰랐기에 물어본 것이다. 건이 피식 웃으며 생각했다.

'능숙했구나, 내가. 하하.'

건은 세 여학생에게 사인해 준 후 미소 지어준 후 꺅꺅거리는 소녀들을 뒤로하고 샤론의 교수실로 향했다. 문 앞에 서서 잠시 옷매무새를 만진 건이 노크했다.

똑똑!

"들어와요."

샤론이 방 안에서 악보를 넘겨 보고 있다가 문을 열고 들어오는 건을 보며 환히 웃었다.

"케이, 잘 쉬었나요?"

건이 마주 웃어 보이며 말했다.

"네 교수님. 교수님도 잘 쉬셨어요?"

샤론이 고개를 끄덕이며, 자신의 책상 옆에 있던 검은색 하드케이스를 들고 건을 소파로 안내했다. 건이 소파에 앉자 샤론이 하드케이스와 종이 한 장을 내밀었다.

건이 종이를 먼저 받아 든 후 멀뚱히 샤론을 쳐다보자 그녀가 웃으며 하드케이스를 테이블에 올려두며 말했다.

"어제 카를로스 씨가 들렀었어요. 케이의 집을 모른다며 이걸 좀 전해달라고 하더라고요."

건이 고개를 갸웃한 후 종이에 적힌 글자를 읽어 보았다.

Dear. 케이

좋은 라이브를 해줘서 고마웠다. 고마움을 전하기 위해 무언가 의미 있는 선물을 하고 싶어서 샤론에게 물어보고 준비한 선물이야.

이미 좋은 어쿠스틱 기타를 가지고 있는 듯하니, 내 일렉 기타 컬렉션 중 하나를 선물하려고 해. 알다시피 PRS 사에서 시그니쳐 모델을 제공해 주고 있어서 다른 회사의 기타는 모으기만 하고 연주는 안 했거든. 이번에 보내는 기타 역시 사고 나서 한 번도 연주하지 않은 기타야.

이 기타가 너에게로 가서, 자신의 음색을 마음껏 낼 수 있다면 그 녀석에게도 좋은 일이겠지. 내 방구석에서 썩고 있는 것보다는 말이야.

그 녀석은 '세상에서 가장 아름다운 기타'라고 불리는 놈이야. 어쩌면 나 같은 노인보다는 너에게 어울리는 녀석일 것 같다.

나는 당분간 고향인 멕시코 아틀란에 있을 예정이야. 방학이 되면 한번 놀러 오라고.

P.S 샤론에게 내 전화번호를 물어보고, 전화 한번 줘. 네 전화번호가 없네.

건이 눈을 들어 테이블에 놓인 검은 하드케이스를 보았다. 할로우 바디의 기타인 듯 케이스 역시 할로우 바디에 맞는 특이한 형태를 가지고 있었다. 샤론이 열어 보라는 듯 손짓하며 말했다.

"나도 안 열어봐서 궁금하네요. 어서 열어봐요, 나도 구경 좀 하게."

건이 종이를 곱게 접어 품 안에 넣은 후 하드케이스의 잠금 장치를 풀고 뚜껑을 열었다.

"와아!"

"오, 화이트 팔콘이네요, 케이."

모습을 드러낸 기타는 눈부시게 새하얀 색 바디에 금장 장식이 달린 너무 아름다운 기타였다.

건이 기타를 만지지도 않고 케이스에 든 그대로의 기타를 요리조리 살펴보았다.

샤론이 그런 건의 모습이 재미있다는 표정으로 말했다.

"그레치사의 화이트 팔콘. 통칭 '세상에서 가장 아름다운 기타'라고 하지요. 케이에게 정말 잘 어울리는 선물이네요."

건이 기타의 바디를 조심스럽게 만졌다. 기타의 바디는 먼지 하나 없이 매끈했는데, 선물을 주려 하던 카를로스가 직접 손질했는지, 새 기타 같았다. 건이 기타의 넥을 붙잡고 케이스에서 꺼내 자신의 허벅지 위에 올려 보았다. 묵직한 할로우 바디의 감촉이 기분 좋게 다가왔다.

건이 한참 기분 좋은 미소를 머금고 기타를 매만지다 문득 꿈에서 만난 지미 핸드릭스가 기타에 이름을 붙여 주었었다는 기억이 났다. 건이 기타의 헤드부터 고급스러운 금장 픽업까지를 쓸어보며 말했다.

"네 이름은 '하쿠'다. 오늘부터 나와 함께하자."

옆에서 듣고 있던 샤론이 고개를 갸웃했다.

"응, 하쿠? 하쿠가 무슨 뜻이에요? 어감은 좀 귀여워 보이기는 하는데."

건이 기타에서 눈을 떼지 않고 답했다.

"한자어를 일본어로 읽은 표현이에요. 하얗다는 뜻의 한자 흰 백자(白)를 일본어 발음으로 읽으면 '하쿠'가 되죠."

샤론이 고개를 끄덕이다 물었다.

"케이는 한국인이잖아요? 왜 일본어로 이름을 지어요?"

건이 웃으며 말을 이었다.

"사실은 학교 다닐 때 정말 좋아하던 일본 애니메이션 중에 '센과 치히로의 행방불명'이라는 작품이 있었어요. 거기서 주인공 소녀가 강에 살던 하얀 용의 이름을 줄여 '하쿠'라고 불렀거든요. 이 녀석을 보자마자 그냥 떠올라 버려서 다른 이름을 다시 생각하는 게 더 어색할 것 같아서요."

샤론이 미소를 지으며, 하쿠의 바디에 손을 대며 조심이 쓰다듬었다.

"하쿠, 네 이름을 지어준 사람과 친하게 지내야 한다?"

건이 웃음을 지으며 기타 현을 튕겨 보았다. 일렉 기타라 잭을 연결하지 않으면 작은 소리만 났지만, 매우 조용한 교수실이었기에 청아한 소리가 울렸다.

건이 넥을 잡고 코드를 잡아보니 손에 착 감기는 것이 마치 기다렸다는 말을 건네는 듯하였다.

건이 눈을 감고 레드 제플린(Led Zeppelin)의 'Stairway To Heaven'의 전주 부분을 연주해 보았다. 기타를 치는 학생들이 대부분 연주해 보는 곡이었고, 다른 기타로 수없이 연습해 본 곡이었지만, 하쿠의 아름다운 바디를 타고 나온 맑은 소리는 건에게 큰 만족감을 주었다.

건이 연주를 마치고 눈을 떴을 때 스마트폰을 쥐고 건의 사진을 찍고 있던 샤론과 눈이 마주쳤다. 샤론이 잠시 당황하더니 얼굴을 붉히며 말했다.

"아, 그냥…… 하쿠와 케이가 너무 잘 어울려서 나도 모르게……."

건은 그런 샤론의 모습에 웃음을 터뜨리며 하쿠를 케이스에 조심이 모셔두었다.

"하하, 교수님도 참. 그래도 기분은 좋네요, 잘 어울린다고 하시니."

건이 하드케이스의 잠금장치를 잠그고 나자, 샤론이 쪽지를 내밀며 말했다.

"카를로스 씨의 전화번호는 여기 있으니 저장해 두세요. 아 참, 로비 씨도 케이의 전화번호를 물었었는데, 나중에 알려줘도 될까요?"

건이 당연하다는 듯 고개를 끄덕이자, 샤론이 웃으며 물었다.

"이번 학기도 끝나가는데, 방학 때는 한국에 가나요?"

건이 소파에 등을 기대며 말을 받았다.

"아니요, 이번 방학에는 1학년이기도 하고, 연습량도 부족해서 학교에 남을 거예요. 아마 가까운 곳으로 잠깐 여행을 다녀올 생각은 있지만, 그것 외에는 학교에 틀어박혀 있을 것 같아요. 하하!"

샤론이 잠시 고민하다가 말을 꺼냈다.

"저…… 케이. 방학에 큰일이 없다면, 코릴리아노 교수님을 좀 도와줄래요? 방학이 3개월이니 도와준다고 해도 여행을 다녀올 시간은 충분할 거예요."

건이 소파에서 등을 떼며 관심이 간다는 듯 물었다.

"코릴리아노 교수님요? 뭘 도우면 되는데요?"

샤론이 턱에 손을 괴고 말했다.

"음…… 아직 코릴리아노 교수님께 말씀을 안 드리긴 했는데, 케이에게 도움이 될 것 같은 일이 있어서요. 이번에 코릴리아노 교수님께 영화음악 제작에 대한 요청이 들어왔거든요."

건이 반색하며 말했다.

"영화음악이요? 교수님이 직접 만드시는 건가요. 재미있겠는데요?"

샤론이 고개를 끄덕였다.

"코릴리아노 교수님도 케이를 좋아하시니까, 제가 부탁을 드리면 함께해 주실 거예요. 그런데 문제가 좀 있어요."

건이 의아한 눈으로 물었다.

"무슨 문제인데요?"

샤론이 자리에서 일어나며 말했다.

"코릴리아노 교수님과 공동 제작자로 이름을 올리실 분이 독일에 계세요. 작업은 그분의 스튜디오에서 진행될 거라, 한 달 정도는 독일로 가 있어야 할 텐데, 괜찮아요?"

건이 별것 아니라는 듯 손사래를 치며 말했다.

"어차피 학교에 박혀 있으려고 했는데요, 뭐. 여기서 연습하나 독일에서 연습하나 같아요. 거기다 독일에서는 영화음악도 배울 수 있잖아요, 저는 문제 없어요, 교수님. 물론 독일 여행을 공짜로 하겠다는 흑심도 좀 있지만요, 하하!"

샤론이 고개를 끄덕이며 웃자, 건이 물었다.

"그런데 어떤 분이 공동 제작자시길래 코릴리아노 교수님쯤 되는 분이 독일까지 가서 작업하세요?"

샤론이 미소 지으며 말했다.

"케이도 알고 있는 분일 거예요, 워낙 유명하신 분이라."

건이 샤론의 눈을 보며 물었다.

"누구신데요?"

샤론이 건과 눈을 맞추며 말했다.

"걸어 다니는 오케스트라, 한스 릭머(Hans Rickmer)예요."

건이 살짝 놀라며 물었다.

"정말이요, 진짜에요? 그 한스 릭머요? 다크 나이트, 더 록의 음악 감독님이요?"

샤론이 웃으며 말했다.

"맞아요, 이번 영화에서 코릴리아노 교수님과 합을 맞추게 된 거죠. 교수님도 기대가 크세요."

건이 그럴만하다는 듯 고개를 크게 끄덕였다.

"한스 릭머와 함께 작업할 수 있다면 정말 영광이죠. 저도 배우는 게 많겠어요. 기회를 주셔서 정말 감사합니다, 교수님. 그런데…… 혹시 코릴리아노 교수님이 거절하시는 건 아니겠죠?"

샤론이 양손을 올리며 어깨를 으쓱했다.

"뭐, 정 안 되면 부전공으로 작곡과를 하겠다고 해요. 케이가 자신의 과로 온다면 영혼도 팔 것 같은 기세니까."

건이 입을 가리며 웃었다.

"안 그래도 시카고에서도 시간만 나면 작곡과에 관심이 없냐고 묻곤 하셨죠."

샤론도 그때 기억이 나는지 함께 웃었다.

"맞아요, 호호. 사실 스튜디오 클래스 시작 전에 케이가 제출한 악보를 본 후부터 그 병이 도졌죠. 어찌나 졸라대는지, 저한테도 매번 설득해 달라고 졸라 대세요, 호호."

한참 코릴리아노 교수의 여담을 이야기하던 건이 물었다.

"그런데, 얼마나 대단한 영화길래 그 엄청난 두 분이 공동작업을 하세요?"

샤론이 고개를 저으며 말했다.

"영화 제목이나 내용은 저도 못 들었어요. 제가 알고 있는 건 딱 하나뿐이랍니다."

건이 뭐냐는 눈빛을 보내자 샤론이 말했다.

"영화를 맡은 감독이에요."

건이 고개를 갸웃하며 물었다.

"감독님이요? 유명하신 분인가요?"

샤론이 검지를 올리며 말했다.

"동화와 현실 사이를 거니는 감독 '팀 커튼(Tim Curton)'이래요."

샤론을 바라보는 건의 눈이 커졌다.

◈ 3장 ◈
최고의 영화음악

    예상대로 코릴리아노는 건의 동행을 허락했다.

    샤론의 말처럼 부전공을 선택하라는 조건을 달지는 않았다. 내심 작곡과와 함께하는 미래를 꿈꾸었는지, 아니면 건의 성장에 도움을 주려는 것인지 알 수 없었지만, 코릴리아노는 웃으며 흔쾌히 수락해 주었다.

    '존 F. 케네디 국제공항'에서 독일의 '프랑크푸르트 암마인 국제공항'으로 장시간 비행 후 택시를 잡아탄 코릴리아노와 건이 택시 창밖으로 보이는 독일의 이색적인 건물들을 구경하고 있었다.

    건이 한참 창밖을 구경하다 물었다.

    "그런데 교수님. 사실 제가 이해가 되지 않는 부분이 좀 있어서요."

코릴리아노 교수 역시 창밖을 보다 건의 말에 고개를 돌리며 답했다.

"네, 말해봐요, 케이."

건이 잠시 자신의 스마트폰으로 검색을 해보다 화면을 보여주며 물었다.

"제가 알기로 팀 커튼 감독님은 자신이 썼던 배우를 다시 쓰는 걸로 유명한 분으로 알고 있는데, 그건 음악 감독님도 마찬가지로 알고 있거든요?"

코릴리아노 교수가 고개를 끄덕였다.

"맞아요, 가장 유명한 배우가 조니 립이었죠."

건도 고개를 끄덕이며 스마트폰 화면의 한 부분을 가리키며 말했다.

"여기 보면 팀 커튼 감독은 자신의 초기작인 '피위의 대 모험'의 음악 감독인 대니 앨프먼과 거의 모든 영화의 음악 작업을 함께했다고 나와요. 그런데 왜 이번 영화는 한스 릭머 감독님과 교수님을 선택한 건가요?"

코릴리아노 교수가 턱수염이 까글까끌하게 난 턱을 쓰다듬으며 말했다.

"음, 거기에는 두 가지 이유가 있어요, 케이. 우선 첫 번째는 이번 영화가 기존의 그의 영화를 리마스터해서 재개봉하는 영화라는 이유예요. 따로 추가 촬영 없이 HD 기술로 복원하기 때문에 변경 가능한 것이 음악과 효과음 부분 정도인데 기존 감독을 그대로 쓴다면 이전 영화와 별 차이가 없을 테니까요."

건이 수긍한다는 듯 고개를 끄덕이자, 코릴리아노가 말을 이었다.

"두 번째 이유는 대니 앨프먼과 팀 커튼 감독 사이의 문제에요. '다크 섀도우'와 '프랑켄 위니'의 연이은 흥행 실패가 두 사람의 사이를 갈라놓았다는 소문도 있지요."

건이 이해된다는 듯 고개를 끄덕이며 스마트폰을 들여다보다 물었다.

"그럼 교수님. 좋은 영화음악이란 어떤 걸까요?"

코릴리아노 교수가 미소 띤 표정으로 건을 빤히 보다가 나직하게 말했다.

"케이의 기억에 인상 깊게 남아 있는 영화음악은 어떤 것이 있나요?"

건이 곰곰이 생각하다 말했다.

"아무래도 디즈니의 음악들인 것 같아요. 알라딘의 'A Whole New World'나, 미녀와 야수의 'Beauty and the Beast'가 가장 먼저 떠오르네요."

코릴리아노가 눈짓하며 말했다.

"부를 수 있나요?"

건이 고개를 끄덕이자, 코릴리아노가 짙은 웃음을 지으며 말했다.

"그럼 케이가 알고 있는 최고의 음악 감독은 누구죠?"

건이 생각할 필요도 없다는 듯 말했다.

"당연히 지금 만나러 가는 한스 릭머죠."

코릴리아노가 눈썹을 찡긋하며 물었다.

"부를 수 있나요?"

건이 갑자기 멍한 표정을 지으며 생각하다 고개를 저었다.

"보통 연주곡이지 않나요? 가사가 있는 노래가 기억나지는 않아요."

코릴리아노의 웃음이 더 짙어지며 물었다.

"허밍으로라도 해볼 수 있어요?"

건이 한참 낑낑대며 고민했지만 이내 고개를 저었다.

"기억이 나지 않네요. 아, 최고의 음악 감독님이 만든 음악이 왜 기억이 안 날까요?"

코릴리아노 교수가 큰 소리로 웃으며 박수를 쳤다.

"하하, 그렇죠? 최고의 영화음악이란 그런 겁니다, 케이."

건이 의아한 눈을 뜨자, 코릴리아노가 손가락을 들어 보이며 말했다.

"최고의 영화음악은 '영화의 음악'이 기억이 남는 것이 아니라, '음악이 배경이 된 장면'이 기억되는 음악이에요. 모든 영화 감독이 바라는 것이기도 하고요."

건이 잠시 생각에 잠기자 코릴리아노의 말이 이어졌다.

"최고의 음악 감독이라 불리는 한스 릭머의 음악을 허밍으로라도 기억해 낼 수 없다는 것은 매우 중요한 포인트입니다, 케이. 하지만 당신의 기억 속에 그가 음악을 담당한 영화의 장면들은 모두 기억날 거예요. 특히 아름다운 음악이 함께한 장면들은 더 하겠죠."

건이 천천히 고개를 끄덕였다.

"교수님 말씀이 맞아요. 정말 그러네요. 한스 릭머가 왜 최고의 음악 감독이라 불리는지 이제 깨달았어요. 그런데, 아까 저희가 작업할 영화가 팀 커튼의 영화를 리마스터한 영화라고 말씀하셨는데, 어떤 영화인가요?"

코릴리아노 교수가 손가락 두 개를 들어 브이자를 만들어 보이며 말했다.

"가위 손입니다. 케이."

건이 놀랐다는 듯 약간 큰 소리로 외쳤다.

"가위 손이요? 조니 립과 위노나 라이더가 나왔던 그 영화요?"

코릴리아노 교수가 살짝 놀랐다는 듯 물었다.

"케이도 알고 있나요? 상당히 오래전 영화인데."

건이 당연하다는 듯 크게 고개를 끄덕였다.

"그럼요, 2014년에 재개봉했던 영화잖아요! 여동생이 같이 보자고 졸라서 봤었어요. 진짜 감동받았었는데, 크으…… 또 리마스터 하는군요?"

코릴리아노 교수가 웃으며 고개를 끄덕였다.

"맞아요, 1991년도에 개봉했던 영화죠. 2014년에 재개봉했던 영화는 리마스터까지는 아니고, 필름 영화를 디지털화한 버전이었어요. 영화의 정식 명칭은 '가위 손 에드워드'였는데, 해외로 상영되면서 '가위 손'이라는 간단한 이름이 되었죠."

건이 들뜬 표정을 감추지 못하고 말했다.

"그럼 제가 그 유명한 영화의 음악을 만드는 작업을 볼 수 있는 거군요?"

코릴리아노 교수가 자신의 옆에 놓아둔 작은 가방을 들며 말했다.

"단지 보기만 할지, 참여까지 할 수 있을지는 작업 진행을 해봐야 알겠죠. 자, 도착한 것 같네요. 내리죠."

건이 코릴리아노의 말에 창밖을 보니 엄청난 크기의 대저택 앞에 도착해 있었다. 건과 코릴리아노가 택시에서 내려 트렁크에서 캐리어를 꺼내 위압감이 드는 독일식 대저택의 벨을 눌렀다.

삐이!

잠시 후 초인종 위에 달린 CCTV가 켜지는 소리가 들리더니, 별다른 말 없이 문이 열렸다. 검은 철문을 밀고 들어가니 축구장과 같은 느낌의 넓은 잔디밭이 펼쳐졌다.

저택은 3층짜리 건물이었는데, 독일 특유의 '로마네스크 양식'으로 지어진 오래된 성 같은 느낌이었다. 멀리서 보면 꼭 밤베르크 성당 같은 느낌이 들었다.

잔디밭 사이로 난 길을 따라 한참을 걸어가니 멀리 집 앞에 나와 있는 한스 릭머가 보였다.

한스는 반갑다는 듯한 웃음을 보이며 코릴리아노에게 손을 벌리며 걸어왔다. 코릴리아노는 캐리어를 놓고 한스와 마주 안으며 말했다.

"한스! 이게 얼마 만인가, 하하!"

한스가 코릴리아노를 얼싸안은 채 눈을 맞추며 말했다.

"그러게요, 교수님. 10년은 넘은 것 같네요."

코릴리아노가 집을 두리번거리며 웃었다.

"자네가 이런 대저택에서 살게 되다니 말이야, 정말 성공했어, 하하!"

한스가 크게 웃으며 문 쪽으로 손을 내밀었다.

"하하, 그러게 말입니다. 자, 들어가시죠."

코릴리아노가 다시 캐리어를 들다 건과 눈이 마주치자 한스에게 말했다.

"아, 이쪽은 줄리어드의 학생인 케이라고 하네. 이번에 우리

일을 함께 도와줄 학생이지."

한스가 웃는 얼굴로 건에게 손을 내밀었다.

"반갑습니다, 교수님께 미리 이야기는 들었어요. 한스 릭머입니다."

건이 살짝 긴장한 표정으로 예의 바르게 몸을 바로 하고 한스 릭머의 손을 맞잡았다.

"영광입니다, 감독님. 줄리어드의 케이입니다."

한스가 그제야 건의 이모저모를 뜯어보며 놀란 듯 눈을 크게 떴다.

"학생이라기보다는 배우 같네요, 엄청난 미남인데요?"

건이 이제는 그런 칭찬에 익숙해진 듯 다른 말 없이 씨익 웃었다. 그 모습에 한스가 큰 웃음을 터뜨렸다.

"하하, 자주 듣는 말인가 보군요? 자! 안으로 들어가시죠."

문 안으로 들어선 건이 주위를 둘러보니, 넓고 높은 천장에 대리석 바닥의 내부 모습이 눈에 들어왔다.

응접실까지 이동하는 시간만 3분가량 걸리는 대저택 내부는 무척이나 조용했다. 정신없이 구경하는 건의 모습을 흐뭇한 표정으로 자랑스럽게 보고 있던 한스가 말했다.

"자, 이쪽입니다. 팀이 와 있으니 인사하세요."

건이 눈을 휘둥그렇게 뜨며 물었다.

"예? 팀 커튼 감독님도 와 계세요?"

한스가 웃으며 고개를 끄덕였다.

"그럼요, 이번 영화는 음악의 변경이 주가 되는 리마스터링 영화인데, 당연히 감독이 와야죠."

건이 긴장한 듯한 표정으로 옷매무새를 매만지고 있는데, 안에서 더벅머리의 남자가 나왔다.

"오오! 코릴리아노 교수님. 처음 뵙겠습니다. 팀 커튼입니다."

코릴리아노 교수가 웃으며 손을 내밀자, 팀 커튼이 손을 물끄러미 보다 말했다.

"하하, 앉으시죠."

코릴리아노 교수가 내밀었던 손이 민망했는지 다시 손을 주머니에 넣으며 민망한 웃음을 지었다. 그 모습을 본 한스가 작게 말했다.

"괴팍한 거 아시잖아요, 이해하세요. 원래 악수는 잘 안 하는 친구예요."

코릴리아노가 알았다는 듯 고개를 끄덕이자 한스가 응접실로 안내하였다.

탁탁! 타탁!

응접실의 벽에는 벽난로가 있었고, 마른 장작들이 타오르며 나무 타는 소리를 내고 있었다.

넓고 긴 소파는 가운데 있는 테이블 쪽을 보며 삼면에 있었는데, 팀 커튼은 이미 한쪽에 자리를 잡고 편안히 앉아 있었다.

팀 커튼이 아직도 서 있는 셋을 보고 손짓하며 말했다.

"자, 편히 앉으세요. 내 집은 아니지만, 하하!"

한스가 웃으며 말을 받았다.

"그래요, 앉으세요. 마틸다!"

한스의 부름에 곧 50대 정도로 보이는 독일 아주머니가 다가왔다.

"마틸다, 여기 커피 좀 내줘요."

마틸다가 고개를 끄덕인 후 주방으로 사라지자 코릴리아노 교수가 물었다.

"이햐, 일하는 분도 있어?"

한스는 별것 아니라는 듯 웃었다.

"세 명이 있죠. 정원사 한 명, 청소와 요리를 해주는 아주머니 두 명."

코릴리아노가 부럽다는 표정으로 휘파람을 불자, 한스가 웃는 표정으로 팀 커튼에게 말했다.

"팀, 이제 작업할 인원도 모였는데 감독으로서 작업 방향에 대해 한 마디 해줘야지?"

팀 커튼이 벽난로의 장작이 타는 것을 보고 있다가 손을 휘휘 저었다.

"알아서들 하라고. 나야 뭐, 나온 결과물을 컨펌하는 역할이니까."

한스가 그럴 줄 알았다는 듯 테이블 위에 둔 서류를 들어 보이며 말했다.

"그럴 줄 알았지. 자, 교수님. 알고 계시다시피 이번에 작업할 영화는 1991년에 개봉한 '가위 손'입니다. 효과음을 제외한 음악은 총 8곡이 필요하죠. 저와 4곡씩 나누어 작업하는 게 좋을까요?"

코릴리아노가 한스가 든 서류를 받아 들며 내용을 훑어보다 고개를 끄덕였다.

"음, 그러지. 아무래도 메인이 되는 테마는 자네가 맡는 게 좋을 것 같고, 난 주로 영화 초중반에 나오는 테마를 작업해야 겠지?"

음악 제작에 관한 이야기를 나누고 있는데 팀 커튼이 갑자기 끼어들어 말했다.

"그러지 마시고, 각자 8곡 다 해봐요. 그중 좋은 걸 뽑아 쓰면 되니까."

한스가 어깨를 으쓱하자, 코릴리아노 교수가 말했다.

"괜한 경쟁 구도를 만들 필요가 있습니까? 그냥 나눠서 하는 게 빠르지 않을까요?"

팀 커튼이 따분하다는 표정으로 말했다.

"재미가 없잖아요, 재미가. 기왕 하는 거 이쪽이 재미도 있고 좋은 음악이 나올 확률도 높겠죠."

팀 커튼이 자신의 왼쪽에 앉은 건을 휙 돌아본 후 건의 아래위를 훑어보았다.

건은 괴팍한 성격의 팀이 또 무슨 말을 할지 살짝 긴장된 표정으로 그를 바라보았다.

한참 건을 바라보던 팀 커튼이 입을 열었다.

"케이라고 했지? 자네도 해봐."

건이 한스 집 지하실에 있는 작업실 중 한 개를 배정받아 우두커니 앉아 있었다.

한스의 작업 공간은 메인 작업실로 보이는 큰 공간에 작은 작업실 세 개가 딸려 있었다. 한스의 말로는 처음에는 작은 작업실에서 작업하다가, 조금씩 큰 작업실이 필요하게 되어 증축했는데, 기존에 주옥같은 음악을 만들어 낸 작업실들을 없애는 것이 마음에 걸려, 작은 작업실을 그대로 두고 옆에 증축해서 만들다 보니 여러 작업실이 붙어 있는 현재의 공간이 만들어졌다고 했다.

건이 자신의 앞에 놓인 작업용 컴퓨터를 멍한 눈으로 바라보며, 잠시 전의 대화를 떠올렸다.

팀 커튼의 폭탄 발언에 놀란 것은 코릴리아노였다.

"예? 감독님. 케이는 아직 학생이에요, 제 일을 견학하러 온 학생입니다. 갑자기 음악 작업을 하라니요? 경험도 없는 학생에게 너무 큰 부담입니다, 재고해 주세요."

팀 커튼의 얼굴에 재미있겠다는 표정이 떠올랐다.

"히히, 그래서 재미있을 것 같다고 하지 않았습니까, 교수님."

팀 커튼이 멍하니 놀란 얼굴로 자신을 바라보고 있는 건에게 말했다.

"어차피 도와주러 온 거라며? 그럼 두 사람이 작업하는 동안 기껏 잔심부름이나 하러 독일까지 온 거야? 음악 하는 학생이라면 욕심이 날 텐데?"

팀 커튼이 자리에서 살짝 엉덩이를 떼 건의 허벅지에 손을 올리며 말했다.

"해봐, 안 되면 말지 뭐. 운 좋게 한 곡 뽑힐 수도 있어. 그럼 너도 크레딧에 이름을 올려주지. 학생으로 그만한 커리어는 없을 텐데?"

그 모습에 한스가 일어나 팀 커튼의 손을 건에게서 떼어놓으며 말했다.

"이봐, 팀. 또 이상한 버릇이 나오네. 케이는 자네의 놀잇거리가 아니라고."

팀 커튼이 어깨를 으쓱하며 말했다.

"싫으면 말고, 나 같으면 당장에 한다고 달려들었을 텐데 말이야."

건이 재빨리 나섰다.

"해, 해볼게요."

코릴리아노가 놀란 눈으로 건을 보았다.

"해보겠다고요? 정말인가요, 케이?"

건이 고개를 끄덕이며 약간 긴장된 표정을 숨기지 못한 채 말했다.

"네, 교수님. 감독님 말씀처럼 한번 도전해 보는 것으로 충분해요."

코릴리아노가 잠시 생각을 정리한 후 한스를 보았다. 한스는 팔짱을 낀 채 건을 바라보다 코릴리아노와 눈을 마주치고는 미소를 지으며 고개를 끄덕였다. 그 모습을 본 코릴리아노가 건에게 말했다.

"좋아요, 분명 좋은 경험이 되긴 할 테니까. 최선을 다해서 한번 해봐요."

코릴리아노의 말을 듣고 있던 팀 커튼이 신난다는 얼굴로 말했다.

"오! 그럼 케이도 하는 걸로 결정!"

팀 커튼이 소파에서 일어나 괴상한 춤을 추며 실실 웃었다. 그 모습을 마찬가지로 괴상한 표정으로 보던 코릴리아노가 한스에게 말했다.

"작업실은 가까운 곳에 있나? 언제부터 시작하면 되지?"

답은 한스가 아닌 팀 커튼의 입에서 나왔다.

"작업실에서 할 거면 뭐하러 독일까지 불렀겠습니까? 작업은 이 저택 지하에서 할 거예요."

한스가 맞장구를 치며 말했다.

"네, 교수님. 제집 지하에 작업실이 구비되어 있으니, 여기서 편히 작업하시면 됩니다. 작업 시작은 언제든 하실 수 있도록 준비가 되어 있고요."

계속해서 춤을 추던 팀 커튼의 입에서 또 하나의 폭탄 발언이 나왔다.

"이렇게 하는 게 어때요? 케이는 그렇다 치고 일단 경쟁이니까, 서로 작업이 끝날 때까지 만나기 없기!"

코릴리아노가 이상한 표정을 지으며 말했다.

"이봐요, 감독님. 한집에 사는데 어떻게 안 마주칩니까?"

팀 커튼이 빙글빙글 웃으며 말했다.

"한스가 작업할 때 작업 종료까지 작업실에서 나오지 않는다는 거 아시죠? 작업실은 여러 개로 분리되어 있고, 작업실마다 화장실 딸린 침실이 붙어 있다고요. 충분히 작업실에서 안 나오고 작업할 수 있죠."

이번에는 건이 물었다.

"아, 그럼 식사도 따로 하나요?"

한스가 말을 받았다.

"마틸다에게 식사를 따로 넣어달라고 하면 되긴 하는데……
나야 익숙하니 괜찮지만, 케이와 교수님에게는 감옥 같은 기
분이 들 수도 있을 텐데, 괜찮을까요?"

코릴리아노가 잠시 생각해 본 후 건을 보며 말했다.

"음, 나야 괜찮은데. 케이도 괜찮아요?"

건이 여전히 괴상한 춤을 추고 있는 팀 커튼을 지켜보다 말
했다.

"네, 교수님. 한스 감독님과 교수님도 그렇게 생활하실 텐
데, 제가 못한다고 하면 말이 안 되죠."

팀 커튼이 건의 말을 듣더니 어울리지도 않는 세일러 문 포
즈를 취하며 외쳤다.

"좋아, 그럼 결정!"

코릴리아노 교수가 어이없다는 표정을 지으며 팀 커튼에게
말했다.

"그런데, 감독님은 어쩌시겠습니까? 중간에 지시를 받아야
할 텐데요."

팀 커튼이 소파에 털썩 주저앉으며 말을 받았다.

"제가 방마다 돌아다니면 되죠. 자, 그럼 룰을 정하죠."

건이 몸을 앞으로 숙이며 물었다.

"룰이요?"

팀 커튼이 펜과 수첩을 꺼내 무언가 적기 시작했다. 한스와 코릴리아노, 건은 그런 팀 커튼의 기행을 보며 말없이 그의 입이 열릴 때까지 기다렸다.

팀 커튼은 한참 무언가를 쓴 후에 수첩을 들어 다시 한번 읽어 본 후 만족스럽다는 웃음을 지으며, 적은 종이를 찢어 테이블 위에 내려놓았다.

"짜잔! 이번 작업의 룰입니다."

코릴리아노와 한스가 테이블 위에 놓인 종이에 바짝 다가가 앉아 읽어 보았다.

-작업 기간은 7일이다.

-세 명 모두 8곡을 준비한다.

-반드시 8곡을 채울 필요는 없지만 한 명이 1곡 이상 완성한다.

-팀 커튼은 돌아다니며 하루에 한 번 중간 점검을 한다.

-식사는 물론 잠도 따로 잔다.

-다시 모이는 시간은 7일 후 오후 8시이다.

-한 곡이라도 선택된 자는 영화의 엔딩 크레딧에 이름을 올린다.

-팀 커튼은 곡당 100,000 US 달러를 지급한다.

-도전을 포기하더라도 7일간은 방에서 나오지 않는다.

건이 약간 놀라며 물었다.

"곡당 10만 달러요? 너무 비싼 거 아닌가요?"

팀 커튼이 이상하다는 얼굴로 갸웃하며 건에게 말했다.

"케이, 넌 몰라도 다른 분들은 이것도 적어."

건이 코릴리아노와 한스를 번갈아 보다가 수긍했다는 듯이 고개를 끄덕이는 걸 본 팀 커튼이 다시 말했다.

"케이, 네 음악이 선택되어도 똑같이 지급할 거니까, 열심히 해보라고."

♪♫

그렇게 정신없는 시간이 흐르고 결국 건은 작업실 중 가장 작은 작업실에 앉아 있게 되었다.

건이 두리번거리며 작은 작업실을 돌아보았다. 작업실은 약 5평 정도 되는 공간이었는데, 유리창 안으로 보이는 녹음실은 따로 독립되어 있었다.

녹음실은 약 3평 정도였고, 안에는 기타, 베이스, 드럼, 키보드가 있었다.

작업실에는 작업용 컴퓨터 3대와 6대의 모니터, 앰프 컨트롤러와 신시사이저가 있는 'ㄷ'자 모양의 대형 책상이 있었고,

그 가운데 편해 보이는 의자가 놓여 있었다.

의자 뒤쪽으로 보이는 두 개의 문 중 하나는 밖으로 나가는 문이었고, 하나는 침실로 향하는 문이었는데, 침실에는 다른 것은 아무것도 없고 달랑 침대 하나와 샤워기가 있는 화장실만 있었다.

자신의 캐리어를 침실에 가져다 둔 건이 작업용 컴퓨터를 켰다. 파란 윈도우 화면에는 동영상 파일이 하나 있었는데, 이번에 작업할 '가위 손'의 영화 파일이었다.

건이 마우스로 영상 파일을 클릭하자, 컴퓨터에 연결된 멀티 사운드 바에서 웅장한 소리가 들리며, 영화가 시작되었다.

건이 영화에 집중하며, 펜으로 영화 중 음악이 들어가는 부분을 체크했다. 미리 어떤 부분에 음악이 들어가고, 그 음악이 어떤 분위기이며, 총 몇 분의 러닝 타임을 가져야 하는지에 대한 서류를 받아 든 건이었지만, 실제 영상과 함께 보는 것이 가장 효과적이라고 생각했기에, 영화를 먼저 시청하는 건이었다.

첫 장면은 화장품 외판원인 팩이 우연히 고성에서 만난 에드워드를 마을로 데려오는 장면이다. 이 장면에서 고성의 기괴하면서도 몽환적인 느낌을 살리는 BGM이 2분 12초간 나온다.

건이 영화를 집중해서 보며 생각했다.

'원래 주인공인 에드워드는 기묘한 박사가 만든 '채소 써는 기계'였지. 몇 번의 개발을 걸쳐 인간의 용모를 가졌지만, 박사가 늙어 죽어버리는 바람에 손 부분이 가위로 남은 채 혼자 살아가게 된다.'

건이 위노나 라이더를 사랑했던 조니 립이 자신을 죽이려는 마을 사람들을 피해 원래 살던 고성으로 돌아가 얼음 조각을 하며 그 조각을 눈으로 바꾸는 장면을 몽롱한 눈으로 바라보다 퍼뜩 정신을 차렸다.

'이런! 영화에 빠져서 음악을 놓쳤다!'

몇 번 자신의 머리를 쥐어박던 건이 다시 영화를 처음으로 되돌려 재생했다. 한참 영화를 집중해서 보고 있는데 노크도 없이 벌컥 문을 여는 소리가 들렸다.

"헤이, 케이! 잘 되나?"

문을 열고 들어온 것은 팀 커튼이었다. 건은 재빨리 보던 영화를 정지시킨 후 말했다.

"아, 감독님. 아직 영화를 다시 보며 이해부터 하고 있었습니다."

팀 커튼이 뒤에 세워져 있던 간이 의자를 들어 건 옆에 놓은 후 앉아 정지된 화면을 들여다보았다.

"그래서, 뭔가 좀 알 것 같아?"

건이 펜을 입에 물고 말했다.

"아직은 감이 안 잡히네요. 사실은 너무 잘 만드신 영화라 음악을 신경 써서 듣는다는 걸, 저도 모르게 영화에 푹 빠져서 보고 말았거든요. 그래서 처음부터 다시 보려고요."

팀 커튼이 자신의 영화에 대한 칭찬에 기분 좋을 만도 한데 무표정하게 책상에 엎드리며 말했다.

"그래? 그럼 다 보긴 봤다는 거네. 영화에서 어떤 느낌을 받았어?"

건이 잠시 생각을 정리한 후 말했다.

"인간이 되고 싶어 했던 에드워드의 슬픈 사랑 이야기가, 초반의 기괴하지만, 몽환적인 내용과 어우러져 익살스럽게 시작되어 슬프게 끝을 맺는 영화 같아요."

엎드린 채 고개만 돌려 건을 빤히 보던 팀 커튼이 다시 물었다.

"음…… 그럼 감독인 내가 영화를 통해 관객에게 말하고 싶었던 건 뭘까?"

건이 잠시 고민했지만 이내 고개를 저으며 말했다.

"그건 아직 모르겠어요. 몽환적인 느낌? 인간 세상에서 일어나지 않는 동화 같은 이야기일까요?"

팀 커튼이 엎드려 뻗은 팔 사이로 얼굴을 묻었다.

"우움. 그렇군."

팀 커튼이 자리에서 일어나며 건에게 말했다.

"케이, 난 이만 한스에게 가볼 테니, 잘 해보라고."

건이 함께 일어나며 말했다.

"아, 벌써 가시게요?"

팀 커튼이 고개를 끄덕이며 문을 열고 나가려다 뒤를 돌아보았다.

"가끔은 말이야. 나는 영화 포스터에 내 생각의 답을 적어두기도 해."

건이 팀 커튼의 말에 뭔가 물어보려 했지만, 그는 이미 문을 닫고 나가버렸다.

'영화 포스터?'

건이 컴퓨터 화면에서 영상을 내려 크롬을 누른 후 '가위 손'을 검색해 보았다. 이미지 카테고리를 선택 후 영화 포스터를 클릭하니, 손이 가위로 만들어진 조니 립의 옆 모습이 눈 오늘 마을과 고성을 배경으로 서 있는 것이 보였다.

큰 폰트로 쓰여 있는 '가위 손'이라는 제목 위에 작은 글씨가 눈에 들어왔다.

사랑을 만질 수 없는 남자, 가위 손.

다른 사람들과 따로 생활하며 음악을 만든 지도 4일이나 지났다.

건은 여전히 음악에는 손도 대지 못하고 영화를 되돌려 보고 있었다. 잠을 자는 시간을 제외하고는 식사를 하는 시간에도 화면에서 눈을 떼지 않던 건이 스페이스 바를 눌러 화면을 정지시켰다.

화면은 에드워드가 사랑했던 킴의 동생을 구해주려다 손에 달린 가위 때문에 오히려 위협하는 것으로 생각한 마을 사람들이 경찰에 신고하는 장면에서 멈추어져 있었다.

건은 눈이 아픈지 잠시 손으로 눈을 꾹 눌렀다. 고개를 절레절레 흔들며 눈을 매만진 건이 생각했다.

'다시 처음부터 이야기를 정리해 보자.'

먼저, 이 이야기의 시작은 여주인공인 킴이 눈이 오는 날 자신의 손녀에게 창밖으로 보이는 고성에 대한 전설을 이야기해 주는 것으로 시작한다. 그리고 킴의 어머니인 팩이 화장품 외판원인 옛날로 시점을 이동한다.

화장품 판매 실적이 좋지 않았던 팩이 저 멀리 아무도 가지 않는 고성의 주인에게라도 화장품을 팔아 보러 갔다가 아무도 살지 않는 고성에서 혼자 쓸쓸히 살고 있는 에드워드를 만나고, 불쌍한 마음에 집으로 데려온다.

'집에 온 에드워드가 캠핑을 가 집을 비운 팩의 딸 '킴'의 사진을 보고 반하는 장면은 포인트로 기록해 둬야 해. 애완동물의 털을 다듬거나, 정원에서 멋진 실력으로 나무를 가다듬어 마을 사람들에게 호감을 얻는 장면은 뒤에 너무나 쉽게 변해 버리는 사람들의 시선을 더 극적으로 연출하기 위한 수단이야.'

킴을 좋아하는 에드워드를 이용해 범죄를 계획하는 킴의 남자친구로 인해 에드워드는 범죄자가 되고, 그로 인해 마을 사람들은 에드워드를 악한 사람으로 보게 된다.

오해는 또 다른 오해를 낳아 킴의 어린 동생이 납치되는 것을 구한 에드워드의 행동조차, 사람들에게는 괴롭히는 것으로 보였고, 그로 인해 마을에서 쫓겨나게 된다.

킴이 에드워드에게 동정 섞인 애정을 보이자 질투한 남자친구가 고성으로 돌아간 에드워드를 쫓아가 격투를 벌인 끝에 결국 죽게 되고, 그 장면을 본 킴이 에드워드를 지키기 위해 마을 사람들에게 에드워드가 죽었다고 말한다.

그리고 킴이 할머니가 된 현재 시점까지도 에드워드는 고성에서 킴을 그리며, 킴을 닮은 얼음 조각을 만든다.

건이 ALT와 TAP 버튼으로 컴퓨터의 화면을 전환하자 화면 전체에 가위 손의 포스터가 떠올랐다. 건은 깍지를 낀 손으로 턱을 받쳤다.

'감독님이 내게 주신 힌트는 '포스터에 답을 써놓았다'인데…… 포스터에는 두 가지 문구가 쓰여 있어. 하나는 '사랑을 만질 수 없는 남자'이고, 다른 하나는 '그대를 만나고 내 심장이 뛰기 시작했습니다'라는 문구야.'

건이 복잡한 눈빛으로 책상 옆에 놓아둔 악보를 집었다. 악보는 가위 손에 쓰인 음악들의 악보를 프린트한 것이었다.

'그런데 도대체 왜? 왜 두 문구 모두 사랑에 대한 안타까움이나, 인간이 아닌 존재에게도 사랑이라는 감정은 마법과도 같은 기적을 일으킨다는 의미인데, 영화음악의 악보가 나타내는 색은 불명확한 혼돈을 뜻하는 '그레이'로 가득한 걸까?'

건이 머리를 쥐어뜯으며 테이블에 이마를 대었다.

'왜, 왜 사랑에 대한 그리움이나, 아픈 사랑이 아니라 혼돈이지? 내가 뭘 놓친 걸까? 희대의 음악 감독인 대니 앨프먼이 틀렸을 리 없어. 분명 내가 뭔가 놓치고 있다.'

건의 모습이 점점 초췌해져 갔다. 시간이 유수와 같이 흘러갔지만, 여전히 답은 보이지 않았고, 약속했던 시간은 다가왔다. 스트레스로 인해 잠을 잘 자지 못한 건이 5일째의 아침을 맞았다.

건이 침실에서 일어나 작업실로 건너오자 여전히 켜져 있는 컴퓨터에 멈추어진 가위 손의 한 장면이 떠올라 있었다. 한숨을 쉰 건이 의자에 털썩 앉아 멍하니 컴퓨터의 화면을 바라보았다.

"뭐해?"

갑자기 들려오는 소리에 놀란 건이 뒤를 돌아보자 파자마 차림의 팀 커튼이 커피 두 잔을 들고 서 있는 것이 보였다. 건이 힘없이 웃으며 자리를 권하자 팀 커튼이 커피 한잔을 내밀며 말했다.

"이거 좀 마시고 해. 얼굴이 이게 뭐야? 잘 생긴 얼굴 다 망가졌네."

커피를 받아 든 건이 뜨거운 커피를 호호 불며 한 모금 마시자 팀 커튼이 물었다.

"잘 안 돼?"

건이 복잡한 표정을 짓자 팀 커튼이 다시 물었다.

"그런데 왜 손도 안 대고 있어? 작업을 시작한 후에 문제가 생긴 것도 아니고, 시작도 못 하는 건 좀 이상한데? 나한테 말해봐. 뭐가 문제야?"

건이 컴퓨터의 테이블에 커피잔을 내려놓고 신중한 표정으로 말했다.

"실은, 감독님이 관객에게 전하려는 것이 무엇인지에 대해 생각하고 있었어요."

팀 커튼이 약간 놀라며 말했다.

"그걸 아직 못 찾아냈어? 그건 내가 영화를 잘못 만들었다는 건데?"

건이 힘없이 웃으며 고개를 저으며 악보를 들어 보였다.

"그게 아니에요. 감독님. 영화는 충분히 훌륭해요. 제가 답을 찾지 못한 건 제가 해석한 가위 손이라는 영화와 쓰인 음악이 너무도 다르기 때문이에요."

팀 커튼의 몸이 살짝 굳으며 약간 놀라는 표정이 지어졌다. 팀 커튼이 몸을 앞으로 숙이며 건에게 가까이 다가와 진중한 눈으로 물었다.

"어떤 것이 다르지?"

건이 바싹 붙어 있는 팀 커튼의 얼굴을 찬찬히 뜯어 본 후 신중한 표정으로 답했다.

"제가 생각하기에 감독님은 이 영화에서 '완전한 인간이 되지 못한 에드워드의 슬픔'을 표현하고자 하셨다고 생각해요. 그로 인해 사랑하는 사람도 잃게 되죠. 겉모습과는 다르게 속은 너무나 순수한 영혼이었지만 말이에요."

팀 커튼의 표정에 변화가 없자 건이 영화음악의 악보를 내밀며 말했다.

"그런데 이 영화에서 쓰인 곡들은 그런 감정들이 반영되어 있지 않아요. 특히 마지막 클라이맥스 장면인 할머니가 된 킴과 손녀가 나오는 장면 뒤로 혼자 남겨진 에드워드가 얼음 조각을 하며 영원히 산다는 부분을 암시하는 장면을 더 해요.

아름답거나, 그립거나, 영원한 사랑이 느껴지는 곡이 아니에요, 이건."

팀 커튼이 약간 놀라는 표정으로 물었다.

"그래서?"

건이 다시 한번 한숨을 쉬었다.

"명 음악 감독인 대니 앨프먼 씨의 의도를 짐작하지 못하겠어요. 아직은 제가 모자란 가 봐요."

팀 커튼이 건의 얼굴을 뚫어지게 보았다. 건은 지난 5일간 기행을 일삼는 팀 커튼의 행동에 조금 익숙해져 그가 자신을 뚫어지게 보고 있는 중에도 별다른 반응 없이 그저 악보를 보고 있었다. 팀 커튼이 갑자기 건의 손을 잡았다.

"케이."

건이 갑자기 자신의 손을 잡은 팀 커튼을 보며 답했다.

"예?"

팀 커튼이 어울리지 않게 심각한 표정으로 말했다.

"너도 천재구나?"

건이 이상한 표정을 지으며 눈썹을 꿈틀거리자, 팀 커튼이 일어나며 웃었다.

"하하, 천재였어. 제2의 한스 릭머가 여기도 있었군."

팀 커튼이 재미있다는 듯 고개를 젖히며 웃어댔다.

"하하하! 영화와 음악이 너무 다르다고? 하하하!"

건이 의아한 눈으로 팀 커튼을 자세히 살펴보자 그의 반응이 조금 이상했다. 기분이 좋아 웃는다기보다는 회한에 찬 웃음이었기 때문이다.

분명 소리를 내며 웃고 있건만, 그의 눈은 웃고 있지 않았다. 건이 그것을 느끼고 조용히 그를 바라보고 있자, 팀 커튼이 곧 웃음을 멈췄다. 그는 웃음의 여운이 없는 심각한 얼굴로 갑작스럽게 웃음을 멈추었다.

팀 커튼이 살짝 충혈된 눈으로 건을 똑바로 바라보며 건이 보기에 여기에서 처음으로 진지하게 말했다.

"정확해. 케이 네가 정확히 본 거다."

"예?"

팀 커튼이 케이의 앞 간이 의자에 앉아서 컴퓨터에 멈춰진 영화를 재생했다.

"가위 손이란 영화는 1982년도에 감독으로 데뷔하며 만든 영화인 '빈센트' 이후에 처음으로 각본과 제작, 감독까지 맡은 작품이었어. 그리고 그 당시의 나는 외부에서 심각한 압박을 받고 있었지."

건이 가만히 팀 커튼의 말을 경청하자 그를 힐끗 본 팀 커튼이 말을 이었다.

"빈센트라는 영화가 흥행에 실패하고 더는 각본을 쓰지 않았지, 아니, 쓸 기회조차 없었어. 다음 영화인 프랑켄 위니도 연달아 흥행에 실패해서 그 이후에는 감독으로만 고용되어서 일했거든. 하지만 나는 내가 쓴 각본으로 영화를 만들고 싶었고, 꼭 성공시키고 싶었다."

"가위 손 이전에 감독으로 흥행을 성공시켰던 '비틀쥬스'나, '피위의 대모험'에서 내가 극찬을 받을 수 있었던 포인트는 '기괴함'이었어. 모든 비평가가 내가 그려내는 특유의 기괴함에 찬사를 보냈지. 그래서 가위 손에서도 그런 흥행 공식을 대입해야 했고, 그 결과가 이거야."

건이 물었다.

"결과가 이거라니요?"

팀 커튼이 책상에 놓인 악보를 검지로 쿡 쿡 눌렀다.

"바로 이거. 당시 음악 감독인 대니가 크게 반대했었지. 서로 맞지 않는 음악이라고 말이야. 이 영화에 이런 음악이 쓰인 이유는 그 당시 반드시 성공해야 다시 나의 각본으로 영화를 만들 수 있었던 내가 우겨서 얻은 억지 결과야. 결국, 영화가 흥행하면서 대니의 불만은 사그라들었지만 말이야."

건이 약간 놀란 표정으로 물었다.

"예? 그럼 음악 감독의 반대에도 기괴함을 무기로 한 억지 음악을 넣으셨다는 말씀이세요?"

팀 커튼이 회한에 찬 표정으로 고개를 끄덕였다.

"그래, 그래서 이 영화의 음악을 바꿔 리마스터링하는 거야.

내가 속인 관객들에게 속죄하는 의미로. 또 내 평생에 걸쳐 후회하는 단 하나의 오점을 바로 잡기 위함이지."

놀란 표정의 건의 어깨를 툭툭 친 팀 커튼이 자리에서 일어났다.

"케이, 네가 틀린 게 아니야. 1991년도의 나, 팀 커튼이 틀린 거였지."

건이 입을 벌린 채 악보와 컴퓨터의 화면을 번갈아 보았다. 팀 커튼은 작업실을 나서며 말했다.

"나도 모르게 고해성사를 해버렸군. 여하튼 케이 네가 해석한 영화의 음악을 만들어 봐. 아참, 코릴리아노 교수와 한스는 음악에 오케스트라가 필요하다고 나가서 녹음한대. 집이 비어 있으니 이제 자유롭게 밖으로 나와도 된다. 답답하면 나가서 바람도 쐬고 그래."

팀 커튼은 건의 대답을 기다리지 않고 문을 닫고 밖으로 나가버렸다.

건이 팀 커튼이 사라진 닫힌 문을 멍하니 보다가 컴퓨터의 화면을 보며 눈을 빛냈다.

'내가 틀린 게 아니었다!'

초췌한 모습으로 멍청한 눈을 했던 건은 더 이상 없었다. 눈에 총명함을 가득 담은 눈빛으로 컴퓨터 화면을 보던 건이 책상 위에 놓인 악보를 북북 찢었다.

'남은 시간은 이틀. 여러 개의 곡을 만들 시간은 없어. 단 한 곡. 클라이맥스에 쓰일 단 한 곡으로 승부를 본다.'

건 혼자 남겨진 작업실에 악보를 그려내는 건의 연필 소리만 사각사각 울려 퍼졌다. 건은 악기도 없이 악보에 음표를 그려내고 있었다. 머릿속에서 울려 퍼지는 음악을 따라 순식간에 써내려간 악보는 여섯 페이지가 넘어가도록 단 한 번의 막힘도 없었다.

건이 눈을 들어 벽에 걸린 시계를 보았다.

'녹음에 리마스터링까지 이틀 안에 가능할까? 불가능해도 이제 할 수 없어. 내 생각은 틀리지 않았었어. 이제 내가 해석한 음악으로 새로운 가위 손을 만든다.'

3일 후 작업을 마친 일행이 모두 응접실에 모였다.

팀 커튼은 각자에게 악보와 녹음 파일을 담은 USB를 받아 티 테이블 위에 놓고 말했다.

"아, 7일 동안 고생 많으셨습니다. 다들 작업을 잘 마치신 것 같네요."

한스가 수염이 더부룩하게 난 턱을 만지며 말했다.

"하아, 팀. 달랑 7일 만에 만든 곡이라 내 마음에 완전히 들지 않아. 혹시 내 음악을 선택할 거라면 녹음은 다시 해야 할 거야."

코릴리아노 역시 피곤한 얼굴로 말했다.

"제 음악도 그렇습니다. 오케스트라 단원들의 연습시간도 부족했어요. 녹음은 다시 해야 할 겁니다."

팀 커튼이 싱글싱글 웃으며 둘을 보다 건을 쳐다보았다.

"케이, 넌?"

건이 밝은 얼굴로 말했다.

"제 음악은 괜찮아요. 오케스트라를 사용하지 않고 제가 연주한 곡이거든요."

한스가 부럽다는 눈빛으로 말했다.

"어이구, 저 친구는 아직 젊어서 그런가 피곤해 보이지도 않네."

며칠 전까지 건이 어떤 몰골이었는지 몰랐던 한스가 건의 젊음을 부러워하자 코릴리아노 교수도 맞장구를 쳤다.

"맞아, 나도 케이 나이일 때는 며칠 밤 정도는 꼴딱 새워도 문제없었는데 말이야. 이젠 나이가 들어서 쉽지 않아. 아이구, 허리야."

팀 커튼이 박수를 치며 좌중을 주목시켰다.

"자, 자. 이제 작업이 끝났으니 돌아들 가세요."

한스가 고개를 갸우뚱하며 물었다.

"안 들어봐? 음악 선택 안 해?"

팀 커튼이 USB를 들어 보이며 웃었다.

"선택된 음악은 개별적으로 연락하죠. 연락을 드리면 그 음악만 따로 다시 녹음하는 거로 합시다. 자, 재개봉이 얼마 남지 않아서 바쁘네요. 전 어서 돌아가서 영화에 음악을 입혀 보겠습니다. 다들 수고하셨어요."

팀 커튼이 악보와 USB를 챙기고 일어나자 한스가 급히 물었다.

"뭐야, 지금 간다고?"

팀 커튼이 더 할 말이 없다는 듯 손을 흔들며 집을 나섰다. 남겨진 셋은 어리둥절한 얼굴로 서로를 바라보다 피식 웃어버렸다. 결국, 셋은 각자 침실로 들어가 이틀이 넘는 긴 잠을 잤다.

코릴리아노와 건은 3일 뒤 뉴욕으로 돌아가기 위해 비행기에 몸을 실었다.

미국으로 돌아온 건이 집에서 짐을 풀고 그동안 쌓인 빨래를 하는 동안 미국 캘리포니아에서는 자신의 집에 돌아온 팀 커튼이 서재에 앉아 컴퓨터에 USB를 꽂고 헤드폰을 썼다.

'먼저 한스의 음악부터 들어보자. 역시나 8곡을 꽉 채워 왔군'

명 음악 감독인 한스 릭머는 자신의 별명에 맞게 웅장한 오케스트라를 내 세운 음악으로 8곡을 꽉 채웠다.

그는 팀 커튼의 생각에 정확히 일치하는 다른 감정의 음악을 만들어 내었다. 오케스트라의 연습이 부족하여 생기는 불협화음을 제외하고는 흠잡을 곳이 없는 음악들이었다.

팀 커튼이 컴퓨터에서 가위 손을 재생시킨 후 음악이 들어가는 부분에 맞게 편집한 후 재생해 보았다.

역시나 잘 어울리는 음악이었다. 고개를 끄덕인 팀 커튼이 이번에는 코릴리아노 교수의 음악을 같은 싱크에 맞추어 편집하여 재생하였다.

세 번째 곡까지 화면을 뚫어지게 보던 팀 커튼이 의아한 눈으로 화면을 보았다.

'오페라? 오페라 음악을 썼어?'

코릴리아노는 세 번째 음악에서 대니 앨프먼이 여성 보컬의 허밍으로 이루어진 곡을 썼다는 것에 힌트를 얻어 오페라 음악을 사용하였다. 보컬의 음색은 매우 작았지만, 충분히 신비로운 분위기를 연출해냈다. 새로운 시도가 재미있다는 표정의 팀 커튼이 고개를 끄덕인 후 케이의 이름이 써진 폴더를 열었다.

'음. 한 곡뿐이구나. 시간이 없었겠지. 그래도 학생 신분에 한 곡이라도 완성한 게 대단한 건가?'

팀 커튼이 주머니를 뒤져 담배를 물며 건의 녹음 파일을 클릭한 후 다른 주머니에서 라이터를 찾았다.

라이터는 어디에 있는지 바지 주머니를 뒤져보아도 찾을 수 없어 상의 안주머니까지 뒤져보던 팀 커튼의 귀로 헤드폰에서 울려 퍼지는 음악이 들어왔다.

순간, 팀 커튼의 눈이 커지며 입에서 담배가 떨어졌다.

'허밍? 음악도 없고 그냥 허밍이야?'

헤드폰에서 나오는 음악은 아무 악기도 사용하지 않고, 단지 허밍으로만 이루어진 건의 노래였다. 헤드폰을 꾹 눌러 귀에 더 가까이 붙인 팀 커튼의 눈이 떨려왔다.

떨림 점점 눈을 거쳐 입꼬리로 이어졌고, 종국에는 헤드폰을 붙잡은 손까지 부들부들 떨려왔다.

팀 커튼이 황급히 영화의 마지막 장면에 건의 파일을 싱크에 맞게 삽입하고는 헤드폰을 쓴 채 영화를 재생했다.

원래 사용하였던 음악에서는 여성의 고음 허밍으로 이루어진 신비로운 음악이었는데, 건이 만든 음악은 남성의 굵은 저음으로 이루어진 쓸쓸한 느낌의 음악이었다.

침대에 누워 잠이 든 손녀를 바라보던 킴이 자리에서 일어나 창밖으로 보이는 고성을 바라보았다.

멀리 보이던 고성이 클로즈업되며 점점 눈발이 날려왔고, 고성에서 얼음을 깎아 눈을 만들어 내는 에드워드의 모습이 그려졌다.

에드워드가 얼음 조각으로 킴의 젊은 모습을 깎은 후 멀리 보이는 킴의 집을 쓸쓸한 눈으로 바라보다 성으로 사라지며 영화는 끝이 났다.

헤드폰에서는 여전히 음울하고 쓸쓸한 건의 목소리가 흘러나왔다.

입을 벌린 채 화면을 보고 있는 팀 커튼이 두 손을 들어 자신의 눈을 가렸다. 눈을 가린 손이 바들바들 떨고 있었고, 곧 손가락 사이에서 눈물이 흘러나왔다.

혼자 서재에 앉아 한참을 울던 팀 커튼이 눈을 뜬 건 자신의 아홉 살짜리 딸인 넬 커튼이 잠옷을 입은 채 서재 문을 열었을 때였다.

"아빠? 울어?"

딸의 목소리를 들은 팀 커튼이 고개를 푹 숙인 채 황급히 소매로 눈물을 닦고 나서는 웃는 표정으로 고개를 들어 양팔을 든 채 말했다.

"넬, 아빠 안 울어, 이리와 안아줄게."

귀여운 웃음을 지으며 다가온 딸을 번쩍 안아 든 팀 커튼이 넬의 눈을 맞추며 웃자, 넬이 아직 눈물이 남아 있는 팀 커튼의 눈가를 만지며 말했다.

"울보 아빠다. 히히!"

팀 커튼이 다시금 눈가에 맺히는 눈물을 훔치며 고개를 저었다.

"아니야, 아빠 눈에 뭐가 들어가서 그래."

넬이 거짓말하지 말라는 듯 새치름한 눈을 뜨며 말했다.

"에이, 넬은 다 알아. 왜 울었어, 아빠?"

팀 커튼이 미소 지으며 말했다.

"우리 딸은 못 속이겠네. 하하."

팀 커튼이 다시 책상에 앉아 넬을 자신의 무릎 위에 앉히고 말했다.

"옛날에 아빠가 잘못을 하나 했거든."

넬이 눈을 좌우로 굴리며 물었다.

"잘못? 무슨 잘못인데, 많이 잘못했어?"

팀 커튼이 웃으며 고개를 끄덕였다.

"응, 많이 잘못해서, 아빠가 평생 후회하던 일이 있었어."

넬이 팀 커튼의 얼굴을 만지며 물었다.

"응, 그래서 울었어?"

팀 커튼이 고개를 저으며 웃었다.

"아니, 이제 아빠가 잘못을 바로잡을 수 있을 것 같거든. 그래서 기뻐서 울었어."

넬이 이상하다는 듯한 눈으로 아빠를 바라보며 말했다.

"기쁜데 왜 울어?"

팀 커튼이 자리에서 일어나 넬을 번쩍 들어 눈을 맞추고 말했다.

"넬도 조금 더 크면 알게 될 거야. 눈물은 슬플 때만 흘리는 게 아니라는 걸. 자, 우리 밖에 나가서 우리 넬이 좋아하는 햄버거 사 먹으러 갈까?"

넬을 안고 서재를 나서는 팀 커튼의 뒤로 헤드폰에서 흘러나오는 건의 허밍이 작게 울려 퍼지고 있었다.

독일에서 돌아온 지도 3주가 흘렀다. 건은 그동안 학교의 연습실과 집만을 오가며, 연습에 매진했다. 로건의 샌드위치 집에 들르는 것 외에는 자주 가던 단테 공원도 가지 않았다.

오늘도 다름없이 학교로 향하고 있었지만, 오늘은 코릴리아노 교수와 재개봉하는 가위 손을 함께 보기 위해 가는 것이었다.

건이 학교 앞에 도착하자 미리 나와 기다리고 있는 코릴리아노가 손을 흔들었다.

"케이. 제시간에 왔군요. 3주 만인가요? 샤론에게 들어보니 매일 학교에 왔다던데 연락 좀 하지 그랬어요? 같이 식사라도 하게."

건이 웃으며 말했다.

"곧 여행을 갈 예정이라 밀린 연습이 좀 많았어요. 미리 연습해 둬야 여행을 다녀와서도 수업에 뒤처지지 않죠. 전 가뜩이나 다른 학생들에 비해 연습량이 부족했잖아요."

코릴리아노 교수가 입술을 쭉 내밀고 말했다.

"연습량은 부족했지만, 그동안 케이가 한 일을 생각해 봐요. 미술관의 일을 해결해서 다니엘 웨이스의 적극적인 지지를 얻었고, 무려 몬타나와 라이브를 했잖아요, 거기다 48주년 기념 음반에서는 녹음까지 했고. 줄리어드의 어떤 학생도 벌써 그런 커리어를 쌓진 못했어요."

건이 미소 띤 얼굴로 말했다.

"교수님들께서 신경 써 주셔서 좋은 배움의 기회를 많이 얻었어요. 이번 건도 그랬고요. 항상 감사드립니다."

코릴리아노가 건의 말에 웃음을 지으며 물었다.

"그나저나, 팀 커튼 감독에게서 연락은 왔나요?"

건이 고개를 저으며 말했다.

"아니요. 헤어지고 나서는 연락이 없었어요. 교수님은요?"

코릴리아노 교수가 살짝 미안하다는 표정으로 말했다.

"저는 연락이 왔어요. 제 음악 중 세 곡을 쓰겠다고 하더군요. 그래서 뉴욕 필 하모니 쪽에 요청해서 다시 녹음한 파일을 보냈었죠."

건이 당연한 결과라는 듯 고개를 끄덕이며 말했다.

"코릴리아노 교수님이 만드신 음악이라면 충분히 그래야죠. 감독님께서도 마음에 드셨을 거예요."

코릴리아노 교수가 미안한 감정이 담겨 있는 웃음을 지으며 택시를 잡아 'AMC Empire 25'로 향했다. 학교에서 가장 가까운 극장이기도 하고 꽤 큰 규모의 극장이라 재개봉하는 영화도 상영하기 때문이었다. 약 5분가량 택시를 타고 도착한 극장 앞에서 건이 영화 표를 사려 하자, 코릴리아노가 말리며 말했다.

"돈은 내가 벌 텐데, 케이에게 돈을 쓰게 할 순 없죠. 제가 살 테니 그냥 계세요."

건이 웃음을 지으며 주위를 돌아보니 대형 간판에 가위 손의 재개봉 포스터가 걸려 있는 것이 보였다.

포스터는 26년 전 포스터 그대로였다. 예전의 향수를 불러일으키기 위해 문구조차 변경하지 않고 그대로 사용했는데, 영화관으로 들어가는 관객들의 연령대는 다양했다.

40대에서 50대가 주를 이룰 것이라는 건의 예상과 달리 10대와 20대의 관객들도 꽤 많이 보였다. 아마도 주연을 맡은 조니 립이 현재도 왕성하게 활동하는 배우라는 점이 작용한 것으로 보였다.

한참 극장을 찾은 관객들을 구경하고 있던 건에게 양손에

팝콘과 콜라까지 사든 코릴리아노가 다가왔다. 건이 얼른 팝콘과 콜라를 받아 들고 말했다.

"아, 감사합니다. 교수님."

코릴리아노가 자유로워진 한쪽 팔을 들어 손목시계를 본 후 말했다.

"운이 좋았네요. 5분 후에 바로 시작한대요. 들어가죠."

AMC Empire 25의 H 관으로 들어선 둘이 F 열에 앉자 곧 광고가 시작되었고, 잠시 후 영화의 시작을 알리는 검은 화면이 나왔다.

은은하게 깔리는 음악을 들은 건이 코릴리아노 교수의 얼굴을 보자, 이 음악은 자신의 것이 아니라는 듯 고개를 젓는 코릴리아노가 눈에 들어왔다.

건이 고개를 끄덕이며 영화에 집중했다. 역시 명 음악가인 두 사람의 음악은 영화를 보는 내내 집중력을 유지하게 해주었지만, 아름다운 선율로 관객을 매료시켰다.

음악이 흘러나올 때마다 코릴리아노에게 확인하던 건 역시 영화의 중반 이후에는 영화에 푹 빠져 집중하게 되었다.

영화는 점점 클라이맥스로 치달아갔고, 주인공인 에드워드가 고성에서 킴의 남자친구를 죽이는 장면이 나왔다.

킴이 에드워드의 팔에 끼워진 가위의 여유분을 들고 고성 밖에 몰려온 마을 사람들과 경찰에게 에드워드의 거짓 죽음을 알린 후 영화의 시점은 할머니가 된 킴으로 돌아왔다.

회한이 서린 킴의 표정이 클로즈업되며 창밖에 보이는 고성이 점점 확대되며 음악이 흘러나왔다. 영화가 주는 감동에 푹 빠져 있던 건이 화들짝 놀라 의자에서 등을 떼었다.

'이, 이건 내가 만든 음악이잖아?'

에드워드가 혼자 남겨진 고성의 최상위층에서 아름다운 여성의 얼음 조각을 만들고 있다.

손에 달린 가위를 이용해 화려하게 깎아 내려간 얼음 조각이 벽에 난 창을 통해 하늘에 흩뿌려져 눈으로 변한다. 높은 지대인 고성에서 뿌려진 얼음 알갱이들이 킴의 마을까지 가서는 함박눈으로 내린다.

젊은 시절의 킴이 내리는 눈을 보며 에드워드를 떠올린다. 행복한 웃음을 짓는 킴의 표정이 클로즈업되고 고성에서 흩뿌려지는 눈이 점점 더 굵어진다.

에드워드의 표정은 보이지 않는다. 단지 얼음을 조각하는 그의 뒷모습이 담담하게 스크린 위에 그려질 뿐이다.

고성에서 뿌려지는 눈 위로 글자가 떠올랐다.

감독. 팀 커튼.

디렉터. 캐롤린 덤프슨.

스페셜 메이크업. 스탠 윈스톤 스튜디오.

…….

화면에 엔딩 크레딧이 올라가고 있는 동안에도 건의 목소리가 담긴 허밍이 그리움을 담아 울려 퍼진다. 건의 목소리는 무척 우울했지만, 음악에서는 우울함보다는 그리움과 안타까움이 느껴졌다.

영화관의 화면이 밝아지면 슬슬 자리에서 일어나 나갈 준비를 하는 관객이 있게 마련인데, 지금은 누구도 자리에서 일어나지 않았다.

이제는 고성의 모습도 사라지고 화면이 검게 변하며, 크레딧을 알리는 하얀 글씨만이 스크린 아래에서 위로 올라가고 있었다.

뮤직 에디터. 한스 릭머, 존 코릴리아노, 케이.

건이 자신의 이름이 새겨진 화면을 뚫어지게 보고 있었다. 난생처음 영화에 이름을 올렸다는 기쁨보다는 아직 음악과 영화에서 빠져나오지 못한 건이었다.

코릴리아노 역시 글자만 올라가는 화면을 멍하니 보고 있었다.

이 영화를 26년 전 내 영화를 사랑해 주었던 모든 팬과 1991년의 팀 커튼에게 바칩니다.

크레딧 자막이 끝이 나고, 다시 마지막 한 줄이 떠올랐다.

Special Thanks. My Persona Kay.

화면이 완전히 암전되고 극장에 불이 켜졌다. 조용한 극장에 한 남자의 흐느낌 소리가 들렸다.

"으흐흑…… 으흐흑."

남자는 필사적으로 울음을 참았지만, 입 밖으로 새어 나오는 흐느낌을 막을 수 없었다. 곧 사내가 일어나 뛰는 듯 극장 밖으로 나갔다.

그제야 하나둘씩 일어나는 관객 중 많은 여성 관객이 티슈로 연신 눈가를 닦으며 극장 밖을 향했다. 남자 관객 역시 눈이 충혈된 상태로 극장 밖을 나서고 있었다.

코릴리아노가 건을 바라보았다.

'천재란 이런 건가? 나 역시 수많은 찬사를 듣고, 수많은 사람에게 천재란 말을 들어왔지만, 케이의 나이에 이런 일을 하진 못했어.'

코릴리아노가 암전된 화면을 멍하니 보고 있던 건의 어깨에 손을 올렸다. 건은 누군가 자신을 만지자 살짝 몸을 떨며 코릴리아노를 바라보았다.

"케이. 마지막 음악. 당신이 만든 거죠?"

건이 다시 화면 쪽으로 고개를 돌린 후 천천히 고개를 끄덕였다. 그것을 본 코릴리아노가 한숨을 쉬었다.

"세 곡을 쓴 나도, 네 곡을 쓴 한스도, 모두 케이 당신에게 졌군요."

건이 무슨 말이냐는 듯 코릴리아노를 보자 그가 웃으며 자리에서 일어났다.

"슬슬 배고프죠? 뭐 좀 먹을까요? 근처에 내가 아는 진짜 맛있는 타코 집이 있는데."

건이 아직은 조금 굳어진 얼굴로 코릴리아노와 함께 극장 밖을 나왔다. 극장 앞에는 많은 관객이 영화에 대한 여운을 즐기며 서로 이야기를 나누고 있었다.

잠시 화장실을 다녀오겠다는 코릴리아노의 말에 극장 앞에 서서 사람들이 하는 말에 귀를 기울이고 있는 건이었다.

"마지막에 나온 케이가 누굴까?"

"모르지, 엔딩에 페르소나라고까지 표현한 걸 보면 음악 관련자 아닐까?"

"어릴 때 봤던 영화랑 느낌이 완전히 달라."

"우리 주말에 이 영화 다시 볼까?"

"그래, 부모님도 모시고 오자."

"마지막 음악이 아직 귀에 울려."

"나도 그래. 영화 끝나고도 이렇게 마음이 울리는 건 처음이야."

"조니 뎁은 어떻게 대사도 별로 없이 저런 표현을 하지?"

"천재지 뭐, 저 영화 찍을 땐 어렸을 때잖아."

"저게 세 번째 영화니까 그때는 젊었지."

"대박이다 정말. 이거 재개봉 영화가 흥행 기록 세우는 거 아냐?"

극장 앞에서 웅성거리는 사람들의 말을 듣고 있던 건의 입가에 미소가 지어졌다. 어둑어둑해진 하늘을 바라보던 건이 양팔을 벌리고 웃었다.

하늘에서 에드워드가 만든 눈발이 떨어지는 환상을 본 건이 한껏 웃음을 짓자 화장실에서 돌아와 그 모습을 멀리서 보던 코릴리아노 역시 작게 웃음을 지었다.

택시를 타고 도착한 곳은 뉴욕의 첼시 마켓.

시장과 같은 분위기였지만 야외가 아닌 하나의 큰 건물 이름이 첼시 마켓인 이 건물 내부에는 수많은 먹거리가 뜨거운 김을 뿜어내며 행인들을 유혹하고 있었다.

코릴리아노의 안내로 찾은 가게는 'Los Tacos'라는 건물로 멕시코인으로 보이는 십여 명의 점원들이 하얀 요리사 옷을 입고 부산하게 음식을 요리하는 것이 밖에서 보이는 오픈 키친이었다.

생각보다 길게 늘어선 줄의 맨 뒤에 자리를 잡은 코릴리아노가 말했다.

"언제와도 사람이 많네요, 이 가게는. 걱정하지 말아요, 여긴 테이블 없이 포장만 해주는 가게라 줄은 금방 줄어들 테니까요."

건이 웃음을 지으며 말했다.

"샤론 교수님께 교수님이 이 가게를 좋아하신다는 이야기는 들었어요."

코릴리아노 교수가 잠시 샤론을 떠올린 후 웃었다.

"샤론은 이 가게를 별로 좋아하지 않죠. 여자들이란 분위기를 중시하는 동물이니까. 포장해서 걸으며 먹는 음식을 좋아해 주는 여잔 별로 없어요. 만약 케이에게 그런 여자가 나타난다면 당장 잡아요. 인생을 함께할 여자는 그런 작은 것에도 행복을 느끼는 여자가 좋답니다."

건이 실실 웃으며 말했다.

"전 제 여자에게 항상 비싸고 분위기 좋은 곳만 데려갈 건데요?"

코릴리아노 교수가 어깨를 으쓱하며 말했다.

"뭐, 본인이 그게 좋다면 말리진 않을게요. 그래도 한 번쯤 이런 데서 데이트하는 하는 것도 좋아요."

지이이이잉.

줄을 서며 코릴리아노와 대화하던 건의 스마트폰이 품 안에서 진동을 울렸다. 손을 들어 코릴리아노에게 양해를 구한 건이 스마트폰에 뜬 화면을 보았다.

팀 커튼.

건이 화면을 코릴리아노 교수에게 보여준 후 전화를 받았다.

"네, 감독님. 케이 입니다."

-어, 케이. 영화 봤나?

"네, 지금 코릴리아노 교수님과 보고 나오는 길이에요."

-어땠어?

"아…… 뭐라고 말씀드려야 할지 모르겠네요. 우선 제게 이런 기회를 주셔서 감사하다는 말부터 전하고 싶어요."

-그거 말고, 영화 말이야.

"아 영화요. 정말 좋았죠. 감히 26년 전 영화보다 훨씬 더 좋았다고 말씀드리고 싶어요."

-그래? 하하, 다행이군. 자네 방학 때 여행 간다고 했지? 어디로 가나?

"네, 제가 록 밴드들을 좋아해서…… 시애틀 쪽의 밴드 하우스 쪽으로 돌아보려고요."

-그래? 시애틀에서 좀 멀긴 하지만 혹시 자네 워싱턴 D.C 쪽 구경은 안 하나?

"음…… 백악관에 가보고 싶긴 한데, 왜 그러세요?"

-응 Johnny가 자넬 좀 보고 싶어 해서 말이야.

"조니 립 씨요? 정말이요?"

-응, 지금도 옆에서 조잘조잘 언제 올 거냐고 묻는군. 자네가 안 오면 직접 갈 기세야.

"아, 지금 옆에 계세요?"

-그래, 지금 옆에서 내 전화기를 뺏으려고 하는 걸 간신히 막고 있어.

"하하, 네 그럼 시애틀에 가기 전에 들릴게요."

-그래 미리 전화 주고 오면 공항에 차를 보내도록 하지. 코릴리아노 교수님께도 안부 전해줘.

"네 감독님. 나중에 뵈어요."

코릴리아노 교수가 옆에서 귀를 바싹 들이대며 엿듣고 있다가 놀란 눈으로 물었다.

"조니 립이 보자고 해요?"

건이 기쁜 표정으로 스마트폰을 주머니에 넣으며 말했다.

"네, 이유는 모르겠지만 보고 싶다고 하셨대요. 여행 가기 전에 잠시 들려 보려고요."

코릴리아노 교수가 바지 주머니에 두 손을 넣으며 볼을 부풀렸다.

"아니, 나도 음악 감독인데 왜 나는 보자고 안 하지요?"

건이 장난스러운 웃음을 지으며 앞을 가리켰다.

"히히, 교수님 우리 차례예요. 주문하셔야죠."

코릴리아노가 건을 째려보며 말했다.

"케이도 한 곡 올렸으니 돈 벌었잖아요? 영화는 내가 보여줬으니 타코는 케이가 사요."

건이 웃으며 앞으로 나서 주문을 했지만 겨우 5불밖에 안 하는 타코 가격에 툴툴거리며 더 비싼 걸 먹으러 가자고 할 걸 그랬다며 투덜거리는 코릴리아노였다.

근처 벤치에 앉아 타코를 먹던 코릴리아노가 물었다.

"여행 전에 워싱턴으로 갈 거예요?"

건이 타코의 부스러기가 묻은 입가를 닦으며 말했다.

"그럼요, 할리우드 배우를 직접 볼 기회인데, 당연히 가야죠. 하하."

코릴리아노가 타코를 씹으며 툴툴거렸다.

"나도 조니 립 좋아하는데, 에잉!"

건이 웃음을 머금으며 타코를 먹었다. 금방 배를 채운 둘은 근처 카페에서 아메리카노를 사 들고 서로 다른 택시로 각자의 집을 향했다.

집으로 돌아온 건이 샤워를 마치고 2층의 침실로 향했다. 수건을 머리에 쓴 채 책상에 앉아 컴퓨터를 켠 건이 머리를 말리며 가위 손의 관련 기사를 검색했다.

['가위 손' 재개봉 첫날 박스 오피스 1위. '레옹'을 넘어서다.]

EBN : David clark.

팀 커튼 감독이 창조한 아름다운 기괴함이 담긴 영화.

'가위 손'이 재개봉 첫날 280,205명이라는 압도적인 수치로 박스 오피스 1위를 차지했다.

최근 리마스터링하여 재개봉하는 고전 명작들의 유행에 힘입어 흥행 속도에 박차를 가하고 있는 영화 '가위 손'은 현재의 팀 커튼 감독을 만든 영화로 보아도 과언이 아니다.

팀 커튼 감독은 재개봉에 앞선 인터뷰에서 영화의 음악을 전면 개편하여, 또 다른 감동을 줄 것이라는 말을 하여 많은 평론가의 주목을 받았다.

재개봉한 작품 중 최고 스코어를 기록했던 것은 1994년에 개봉한 뤽 베송의 '레옹'이었으며 누적 관객 27만 명을 기록한 바 있다.

가위 손은 단 하루의 성적으로 레옹의 전체 스코어를 갈아치운 만큼 많은 이의 주목을 받고 있다.

한편, Special Thanks에 이름을 올린 Kay에 대한 여러 가지 추측이 난무하는 가운데 많은 기자가 그의 정체를 파악하기 위해 노력하고 있다. 감독인 팀 커튼은 이에 대해 함구하고 있으나 영화의 크레딧에 자신의 페르소나라는 표현을 했기에 더욱 주목을 받고 있다.

팀 커튼은 자신이 함께 작업한 스텝을 다음 영화에 재고용하는 것으로 유명한 감독이며, 대중이 Kay를 알기 원하는 만큼 곧 그의 정체가 밝혀질 것으로 전망된다.

기사를 보고 있던 건이 자신의 2층 방 창문을 열고 창틀에 걸터앉아 하늘을 보았다. 별이 보이지 않는 뉴욕의 밤하늘 가득히 에드워드의 무표정한 얼굴이 떠올랐다.

'사랑을 만질 수 없지만 뜨거운 심장이 뛰는 당신에게 영원의 박동이 되기를.'

어두운 뉴욕의 하늘 아래 창밖을 보며 웃고 있는 건의 모습이 찬란하게 빛났다.

'가자, 워싱턴으로. 조니 립을 만나러.'

◈ 4장 ◈
Visual Shock

워싱턴 덜레스 공항.

대형 캐리어를 끌고 어깨에 하쿠를 맨 건이 공항의 출구를 나오자, 덩치가 큰 30대 후반의 흑인이 피켓을 들고 있는 것이 보였다.

Welcome. Mr. Kay.

건이 자신의 이름이 적힌 피켓을 보고 반색하며 흑인에게 다가가 손을 내밀었다.

"반가워요, 제가 케이입니다. 감독님께서 보내신 건가요?"

흑인이 정중한 몸짓으로 건과 악수하며 말했다.

"그렇습니다, 미스터. 저는 알렌입니다. 짐을 제게 주시고 이쪽으로 오시지요."

건이 끌고 있는 캐리어를 반쯤 빼앗듯 가져간 알렌이 손으로 앞을 가리키며 건을 안내했다. 워싱턴에 처음 와 보는 건이 웅장한 공항의 위용에 감탄하며 그를 따랐다. 공항 밖으로 나가 공항 리무진을 대기하는 곳에 짐을 내려놓은 알렌이 건을 보며 말했다.

"여기서 잠시만 기다려 주십시오. 차를 가져오겠습니다."

건이 고개를 끄덕이자 빠르게 움직인 알렌이 3분도 지나지 않아 대형 리무진을 가져왔다.

건이 너무 길고 화려한 리무진을 보고 놀라자, 운전석에 내린 알렌이 트렁크를 열고 건의 짐을 받아 넣었다. 알렌이 건이 매고 있는 하쿠도 달라며 손을 내밀자, 건이 손사래를 치며 말했다.

"아, 기타는 트렁크에 넣지 않아요. 제가 직접 가지고 타겠습니다. 고마워요."

알렌이 정중히 고개를 끄덕이며 뒷문을 열어주었다. 리무진은 크라이슬러의 인기모델인 300C를 스트레치한 모델이었는데, 하얀색의 긴 차가 그 유려한 선을 뽐내고 있었다.

열린 문으로 들어간 건의 눈에 차의 내부 모습이 보였다. 리무진 내부는 일반 차량과 달리 차 벽을 따라 길게 좌석이 놓여 있었다. 운전기사가 앉는 쪽에는 대형 TV가 설치되어 있었고, 음이 소거된 뮤직비디오가 상영되고 있었다.

정신없이 차를 구경하던 건의 옆에 있던 인터폰이 울렸다. 건이 잠시 고민하다 조심스럽게 인터폰을 들자, 수화기에서 엘렌의 목소리가 들렸다.

"왼쪽에 벽을 누르면 냉장고가 있습니다. 목이 마르실 때 이용하시고, 차 천장의 버튼으로 TV의 채널이나, 볼륨을 조절하실 수 있습니다. 현재 팀 커튼 감독님과 조니 립 씨가 계신 레스튼 내셔널 골프 코스까지는 약 15분이 소요될 예정이니 참고해 주시기 바랍니다.

혹시 제게 요청하실 것이 있으시면 인터폰을 들고 말씀해 주시면 됩니다."

"아, 예 알렌 씨. 고마워요."

"아닙니다. 그럼 출발하겠습니다."

차는 고급 차량답게 부드럽게 출발하였다. 차가 공항을 빠져나와 덜레스 엑세스 로드의 부드러운 고속도로 위를 올라타자 건이 차 내부를 살펴보았다.

알렌이 말한 왼쪽 벽은 사각형의 홈이 있었다. 건이 살짝 벽을 밀자 부드럽게 벽이 위에서 아래로 열리며 각종 음료수가 가득 찬 냉장고가 보였다.

'와아, 대박! 음료수 진짜 많다, 냉장고도 엄청 크잖아?'

건이 음료 중 미국에서만 맛볼 수 있는 'Stewant's 크림 소다' 한 병을 빼 뚜껑을 열고 한 모금 들이켰다.

"캬아, 이건 언제 마셔도 맛있네. 한국에서도 팔면 참 좋을 텐데."

마치 바닐라 아이스크림을 소다 음료로 만든 것 같은 맛에 빠진 건이 창밖으로 보이는 워싱턴의 풍경도 감상하지 못하고 차 내부만 이리저리 구경하며 이것저것 만지작거렸다.

뒷좌석의 시트를 들어 올려 보니 차 내부에 화장실까지 있는 것을 보고 경악한 건이 이번에는 옆에 있는 각종 시가를 만지작거렸다. 한참 내부를 구경하던 건은 차가 부드럽게 멈추는 것을 느꼈다.

운전석에 재빨리 내려 뒷문을 열어준 알렌과 눈이 마주치자 건이 차에서 내렸다. 알렌이 손을 앞으로 뻗으며 말했다.

"짐은 차에 그대로 두시면 됩니다. 제가 알아서 집에 가져다 놓겠습니다. 보스를 만나러 가시죠."

알렌을 따라 골프장 내부로 들어온 건이 화려하고 럭셔리한 내부 인테리어를 보고 있자 알렌이 전화기를 들었다.

"알렌이다. 미스터 케이를 모시고 골프장에 도착했다. 보스는 어디에 계시지? 음, 알았다."

알렌이 전화기를 안주머니에 넣은 후 건에게 말했다.

"보스와 미스터 립은 9번 홀에 계신답니다. 함께 가시죠."

건이 알렌과 함께 골프 코스로 진입하자, 금발의 캐디 옷을 입은 여성이 카트를 몰고 왔다.

간단한 눈인사를 하고 카트에 올라탄 건이 골프 코스를 가로질러 갔다. 아름다운 골프 코스가 눈에 들어오자 건의 가슴이 시원해졌다.

'이런 맛에 골프를 치는 건가? 난 재미 없던데.'

아직 어려서인지, 성향에 맞지 않음인지 골프를 좋아하지 않는 건이 골프장의 외형에만 감탄하며 드문드문 골프를 치고 있는 사람들의 모습을 구경하고 있었다. 골프장은 무척이나 컸는데 카트로 10여 분을 달린 후에야 9번 홀에 도착할 수 있었다.

멀리 보이는 팀 커튼의 모습에 반색하며 카트에서 내린 건이 손을 흔들었다. 멀리 두 남자가 골프채를 든 채 걸어가다 건의 모습을 발견했는지 상대적으로 키가 작은 남자가 손을 흔들었다.

그러자, 옆에 약간 키가 큰 남자가 건 쪽을 돌아보고는 골프채를 던지고 달려왔다.

건은 당연히 팀 커튼 감독이 달려오는 것으로 생각하고 인사를 할 요량으로 마주 달려갔다. 하지만 그가 가까워질수록 건의 표정이 이상해졌다. 달려오고 있는 것은 팀 커튼이 아니라 조니 립이었기 때문이다. 한달음에 건의 앞에 온 조니 립이 건을 와락 안아주었다.

"케이, 기다렸어요!"

건이 초면에 갑작스럽게 당한 포옹 때문에 당황한 표정을 짓자 뒤늦게 따라온 팀 커튼이 골프채로 조니 립의 등을 쿡쿡 찔렀다.

"조니, 케이가 당황하잖아. 오늘 처음 만난 사람한테 무슨 짓이야? 그것도 남자끼리."

조니가 건을 안은 채로 자신의 등을 찌르는 골프채를 손을 때리며 치우라는 손짓을 보냈다.

"아, 봐 봐요. 내가 얼마나 기다렸는지 알면서."

팀 커튼이 포기하지 않고 골프채로 계속 그의 등을 쿡쿡 찌르며 말했다.

"일단 그거 놓고 말해, 흉측하니까."

조니 립이 아쉽다는 듯 입맛을 다시 건의 몸을 놓고는 악수를 청했다.

"반가워요, 케이. 조니 립이에요."

건이 손을 마주 잡으며 웃었다.

"안녕하세요, 케이입니다. 대배우이신 조니 립 씨를 만나게 되어서 영광이에요."

조니 립이 환하게 웃자 팀 커튼이 말했다.

"영광은 무슨, 얘가 더 기다렸어. 영광은 조니가 훨씬 더 영광이겠지."

건이 의아한 눈으로 팀 커튼을 바라보자 그가 말했다.

"몰랐어? 조니, 영화배우하기 전에 록 그룹 했던 거? 얘도 원래 음악 하던 애였다고. 그래서 케이 네가 만든 음악을 듣고 엄청 놀랐고."

건이 조니 립을 바라보자 그가 건의 손을 놓지 않은 채 기쁜 표정으로 말했다.

"케이, 당신의 음악에 너무 감동했어요. 정말, 꼭 만나보고 싶었습니다."

건이 자신의 손을 바라본 후 물었다.

"아, 예. 감사합니다. 그런데 록 그룹이라니요? 처음 듣는데……."

조니가 계면쩍게 웃으며 말했다.

"'키즈'라는 밴드였어요. 당시 내 아내였던 로리의 소개로 알게 된 니콜라스 케이지 덕에 영화계로 들어왔죠. 그때 록 밴드를 하지 않았더라면 지금의 저도 없었을 거예요."

건이 웃으며 말했다.

"아, 그러셨군요. 록 뮤지션이었다니, 새로운 사실을 알게 되었네요. 저도 록 음악을 참 좋아해요."

조니가 반색하며 말했다.

"그래요? 그럼 제가 친하게 지내는 뮤지션들을 소개해 드릴게요!"

웃으며 말하는 둘을 못마땅한 표정으로 보고 있던 팀 커튼이 다시 골프채로 조니 립의 등을 쿡쿡 찔렀다.

"야, 언제까지 여기 서서 이야기할 거야. 햇볕 뜨거워 죽겠네, 들어가서 이야기하자고."

골프채로 잠시 실랑이를 벌인 둘은 곧 카트를 타고 골프장 건물 내부에 있는 카페테리아로 향했다. 해를 싫어하는지 그늘진 자리에 자리를 잡은 팀 커튼이 소파에 털썩 주저앉아 말했다.

"아이고, 힘들다. 그래 케이, 돈은 전달받았어? 회사에다가 말해두긴 했는데."

웃음을 지으며 고개를 끄덕이는 건을 보고 팀 커튼이 말을 이었다.

"그래, 네 덕에 평론가들한테 극찬을 받았지, 하하. 다들 한스 릭머가 만든 음악인 줄 알더라고. 그래서 내가 그랬지. 그 음악은 나의 페르소나가 만들어준 음악이다, 하하!"

조니가 옆에서 거들었다.

"기자들이 페르소나로 언급된 케이에 대한 질문을 엄청 퍼부었어요. 저는 그때 케이가 누군지 몰라서 모른다고만 답했지만, 인터뷰 후에 팀을 졸라서 케이를 만나게 해달라고 부탁했죠."

팀이 한 손으로 자신의 어깨를 주무르며 피곤하다는 표정으로 말했다.

"하여튼 이 녀석이 이틀에 한 번꼴로 전화해서 케이 언제 오냐고 묻는 바람에 신경쇠약에 걸릴 지경이었어. 졸지에 스토커 여자친구가 생긴 기분이었다고."

건이 둘을 보며 웃고 있는데 조니가 갑자기 손을 올리며 잠시 전화를 받겠다는 제스처를 취했다. 건이 허락의 눈짓을 보내자 조니가 품 안에 있는 전화기를 들고 액정 화면을 본 후 반색하며 전화를 받았다.

"헤이, B! 아까 전화했는데 안 받더라?"

"어, 아 그랬어?"

"아니, 그게 아니고…… 아 뭔 여자야 또, 이제 안 그래, 나."

"그래, 진짜라고. 그게 아니고 내가 소개해 주고 싶은 사람이 있어서 그래."

"어, 너 내 가위 손 재개봉한 거 봤어? 그래, 거기 음악 중에 마지막 음악 만든 친구 있지?"

"그래 너도 놀랐잖아. 지금 그 친구랑 같이 있어."

"그래, 케이. 어, 어. 여기? 레이튼 네셔널 골프장. 어? 지금? 알았어. 어딘데?"

"아, 금방 오겠네. 알았어 오면 전화해, 여기 카페테리아에 있어."

조니 립이 통화 중 자신의 이야기를 하는 것을 본 건이 통화가 끝나기를 기다렸다 물었다.

"누구신데요, 또 누가 오신대요?"

팀 커튼이 소파에 한 손을 척 올리며 말했다.

"이 녀석 친구면 뻔하지. 너 브라이언 불렀지?"

조니 립이 전화기를 주머니에 넣으며 고개를 끄덕였다.

"네, 케이도 함께 보면 좋아할 것 같아서 골프장 오기 전에 전화했었는데 안 받더라고요, 이번에 나오는 뮤직비디오 사전 회의하고 있었대요. 지금 끝났다고 온다네요."

건이 아리송하다는 표정으로 물었다.

"브라이언이요? 그분이 록 뮤지션인가요?"

팀 커튼이 자리에서 벌떡 일어나 기괴한 표정을 지으며 고개를 모로 꺾었다. 왼팔을 들고 팔꿈치에 힘을 빼고는 팔을 덜렁거리며 좀비처럼 걸어 다니던 팀 커튼이 건에게 고개를 돌리며 물었다.

"이래도 모르겠어?"

건이 어깨를 으쓱하자 팀 커튼이 자리에 앉으며 말했다.

"브라이언 위너."

건이 여전히 모르겠다는 듯 물었다.

"브라이언 위너요? 처음 들어보는 분인데 유명한 분이신가요?"

팀 커튼이 이를 드러내며 웃었다.

"본명이라 모르는 게 당연하겠지. 본명 브라이언 워너. 일명 '섹시한 살인마.'"

궁금해하는 눈빛의 건을 보던 조니 립이 말을 받았다.

"인더스트리얼 밴드 '마들렌 맨슨'의 리더이기도 해요."

조니 립의 말에 건이 머릿속으로 고등학교 때 일을 떠올렸다.

친구인 주용을 통해 마들렌 맨슨이라는 밴드를 알게 된 건이 용돈을 모아 그의 앨범을 산 적이 있었다. MP3나 스트리밍 서비스로 충분히 들을 수 있었지만, 앨범을 소장하고 싶을 만큼 괜찮은 음반이었던 'Antichrist Superstar'가 건이 소장한 맨슨의 첫 번째 앨범이었다.

소중한 신줏단지 모시듯 책상 서랍에 고이 모셔둔 맨슨의 앨범은 절실한 기독교 신자였던 건의 엄마 영하의 눈에 걸리자마자 불태워졌다. 'Antichrist Superstar'의 표지가 십자가에 못 박힌 예수의 모습에 얼굴만 악마 분장을 한 맨슨의 모습이었기 때문이다.

또 앨범 제목 자체가 직역하면 '적 그리스도는 나의 스타'라는 뜻이라 영하는 경기를 일으켰다. 건은 이 일로 영하와 크게 싸우고 일주일이 넘게 서로 말을 하지 않았었다. 얼마 후 곧 화해는 했지만, 아직도 건의 마음속에 사건 사고로 남아 있는 일이었다.

나중에 알게 되었지만, 이 앨범으로 인해 마들렌 맨슨은 미국의 기독교 협회의 큰 적으로 낙인 찍혔다고 한다.

또 1999년에 일어난 콜롬바인 하이스쿨 총격 사건의 범인들이 마들렌 맨슨의 음악을 즐겨 들었다는 이유로 범죄를 종용하는 악마주의 음악이라는 오명까지 뒤집어썼다.

사실 맨슨은 기독교인 어머니 슬하에서 태어나 어린 시절을 미션 스쿨에서 보냈다. 이후에 밝혀진 것이지만, 하루에도 수없이 데뷔하는 록 그룹들 사이에서 화제가 되기 위해 악마주의 컨셉을 이용했다는 인터뷰를 한 적도 있었다.

주일에 교회에 가서 회개 기도를 하는 맨슨의 모습을 본 많은 사람이 가면을 쓴 것이라며 손가락질하긴 했지만.

옛 생각에 젖어 있던 건에게 조니 립이 말했다.

"그런데 엄청난 미남이네요, 케이. 영화나 모델 쪽은 생각 없나요? 그쪽으로 나가도 히트할 것 같은데."

건이 웃으며 손을 흔들었다.

"아니요. 그쪽 일은 별 관심이 없어요."

조금 단호한 건의 말에 조니 립이 미소를 지으며 말했다.

"어느 구름에 비가 올지는 아무도 모른답니다. 케이, 절 보세요. 인디 록 그룹을 하다가 지금은 배우의 인생을 살고 있잖아요. 저도 처음부터 배우가 꿈은 아니었어요. 케이도 나이를 먹어가며 여러 가지 시도를 해보길 빌어요."

듣고 있던 팀 커튼이 인상을 구기며 말했다.

"이봐, 케이가 만든 곡을 들어보고도 그딴 소리야? 자기도 감탄해 놓고."

조니 립이 어깨를 으쓱하며 말했다.

"난 키즈 시절 제가 만든 음악에도 스스로 감탄했었는데요, 뭐."

팀 커튼이 골프채를 찾으며 말했다.

"이 자식아, 그건 네가 만든 노래니까 그랬겠지! 골프채 어디다 치웠어? 이놈이 정신을 못 차리네."

한참을 쉬지도 않고 투덕거리는 둘을 웃으며 바라보던 건의 눈에 카페테리아에 들어서는 큰 그림자가 보였다. 검은 코트에 검은 머리를 한 2m가 넘는 호리호리한 남자가 자동문을 열고 들어왔다. 진짜 키는 아닌 듯 엄청난 높이의 통굽을 신은 남자였다.

건이 입구 쪽을 보자, 조니 립도 고개를 돌려 그를 본 후 손을 들며 외쳤다.

"여기, 여기야 B!"

사내는 손에 낀 검은 장갑을 벗으며 말했다.

"아, B라고 부르지 말라고, 맨슨이라고 부르라니까."

조니 립은 웃으며 그의 손을 잡으며 말했다.

"미스터 맨슨이라고 부르면 다른 팬들이랑 똑같이 부르는 거잖아. 친한 사이끼리 부르는 애칭 하나는 있어야지."

맨슨이 자리에 앉으며 팀 커튼에게 눈짓하며 말했다.

"팀, 오랜만이에요. 건강해요?"

팀 커튼이 귀찮다는 듯 손을 휘휘 저으며 말했다.

"인사치레는 치워."

맨슨이 웃으며 건을 바라본 후 손을 내밀며 말했다.

"반갑습니다. 케이. 마들렌 맨슨입니다. 만나고 싶었어요."

건이 웃으며 악수하자 맨슨이 손을 잡은 채 건의 얼굴을 뜯어보았다.

"휘익, 엄청난 미남인데요? 안 그래, 조니?"

맨슨이 조니 립을 보며 동의를 구하자 조니 립이 고개를 끄덕이며 맞장구쳤다.

"안 그래도 너 오기 전에 그 이야기 중이었어. 배우를 해도 되겠다고 말이야."

맨슨이 동의한다는 듯 다시 건의 얼굴을 뜯어보자 못마땅한 얼굴을 한 팀 커튼이 끼어들었다.

"사람 민망하게 뭘 그렇게 봐? 오늘 처음 만난 사람이."

맨슨이 자신의 실례를 깨달았다는 듯 양손을 들어 보였다.

"아, 미안합니다. 그냥 잘 생긴 사람은 많이 봤는데, 이런 분위기를 가진 사람은 처음 봐서요."

조니 립이 거들며 말했다.

"그렇지? 뭔가 섹시하기도 하면서 뭐라고 할까……."

맨슨이 말을 자르며 끼어들었다.

"악마?"

조니 립이 손가락을 튕기며 말했다.

"그래! 그거야. 뭔가 인간 세상에 내려와서 숨어 있는 악마 같다고 할까? 그것도 엄청 잘 생긴? 뭔가 신비로운 분위기가 나. 동양인이라 그런가?"

이번에는 팀 커튼이 말했다.

"사람 앞에 놓고 악마 같이 생겼다고 하면 어떡해? 그게 칭찬이야, 욕이야? 흠. 그런데 그 말은 일리가 있는 것 같긴 해. 그래서 내가 이 친구한테 끌린 것이기도 하고. 내 취향이랄까?"

맨슨이 눈을 게슴츠레 뜨며 말했다.

"설마…… 팀?"

팀 커튼이 왜 그러냐는 눈빛을 하다 자신을 이상한 눈으로 보는 맨슨과 조니 립을 보며 화를 냈다.

"아, 아니라고. 난 여자가 좋아 이것들아!"

"푸하하하!"

"하하하!"

"이 자식들이 다 늙은 영감 놀리면 재미있냐, 엉?"

팀 커튼이 화를 내자 한참 눈물을 찔끔거리며 웃던 맨슨이 건에게 말했다.

"음악 잘 들었습니다. 정말 놀랐어요. 친구 조니의 영화라 따로 상영관에 가서 봤는데, 마지막 장면에서 음악을 들으며 본 장면들이 잊히지 않더군요."

건이 미소 지으며 답했다.

"좋게 봐주서서 감사합니다."

맨슨이 아니라는 듯 손을 휘휘 저으며 말했다.

"좋게 봐 드린 게 아니라 정말 좋습니다. 평론가나 비평가들도 하나같이 음악을 칭찬하더군요. 덕분에 많은 사람이 케이를 궁금해하기도 하고요."

팀 커튼이 뭔가 생각났다는 듯 건에게 물었다.

"아, 말이 나와서 말인데, 케이. 사람들이 널 궁금해해. 언제까지 학생이라고 숨어 있을 순 없을 거야. 미국의 파파라치들이 얼마나 끈질긴지 알지? 차라리 전면에 나서는 게 나을 텐데, 언제쯤 나설 생각이야?"

건이 고민하는 표정으로 말했다.

"글쎄요. 아직 생각해 본 적이 없어서 뭐라고 말씀드리기 어렵네요."

맨슨이 건의 눈치를 보다 조심스럽게 말을 꺼냈다.

"저…… 케이. 우리 이렇게 만난 것도 인연인데, 기왕 대중 앞에 모습을 드러내실 거면 저한테 기회를 좀 주시면 안 될까요?"

건이 무슨 이야기인지 궁금해하는 눈빛을 보내자 맨슨이

말을 이었다.

"실은 2000년 중반으로 들어서며 앨범 성적이 별로 좋지 않아요. 이번 앨범도 성적이 안 나오면 큰 압박을 받게 되는지라, 돈을 많이 써서라도 마케팅을 좀 해볼 생각이거든요. 여기 오기 전에도 마케팅 방법으로 뮤직비디오를 좀 더 신경 써서 만들자는 회의를 하고 왔어요."

팀 커튼이 의아한 눈으로 맨슨을 보며 물었다.

"뭐야, 하고 싶은 말이 뭔데?"

맨슨이 팀 커튼의 눈치를 살짝 본 후 몸을 건 쪽으로 바싹 붙이며 말했다.

"가능하다면, 케이가 등장하는 매체를 제 뮤직비디오로 해주실 수 있을까 해서요. 사실 이런 부탁을 하러 온 것은 아닙니다만, 케이의 외모를 보는 순간 떠올랐어요. 계획적인 접근은 아니니 오해하지 마시길."

팀 커튼이 입술을 쭉 내밀었다.

"이런, 이런. 선수를 빼앗겼군. 내 영화에 출연해 달라고 말하려고 했는데 말이야."

맨슨이 놀란 표정으로 팀 커튼을 보았다.

"영화에요? 설마 배우로 만드시려는 겁니까?"

팀 커튼이 고개를 저으며 말했다.

"이 친구 음악을 들어본 사람이라면 그런 생각 못 하지. 희대의 음악 천재를 지워 버리는 것이 될지도 모르니까. 단지 까메오 정도랄까? 많은 주목을 받게 될 테니 말이야."

맨슨이 다급해졌는지 건에게 더 바싹 붙으며 말했다.

"팀의 영화는 준비하는데 1년이 넘게 걸려요. 제 뮤직비디오는 허락만 해주시면 일주일 내에 찍을 수 있습니다."

건이 잠시 고민하는 듯한 표정을 지으며 물었다.

"뮤직비디오 컨셉이 어떻게 되는데요? 제가 어울릴까요?"

맨슨이 크게 고개를 끄덕이며 말을 이었다.

"그럼요! 당연하죠. 만약 원하시기만 한다면 최대한 빠르게 찍을게요. 딱 하루면 됩니다."

팀 커튼이 피식 웃으며 말했다.

"이 친구, 급하긴 급했구먼. 하긴 요새 성적이 안 좋긴 하지. 케이! 한번 도와주지, 그래? 공짜로 나와 달란 것도 아닐 텐데 말이야. 여행 경비 벌이한다고 생각하면 되잖아? 하루만 하면 되는데."

건이 어정쩡한 미소를 지으며 부담스러운 표정을 보내는 맨슨을 바라보다 작게 고개를 끄덕였다. 맨슨이 건의 허락에 자리에서 벌떡 일어나 두 손을 위로 뻗었다.

"좋았어! 고마워요, 케이."

맨슨이 들뜬 표정으로 다시 자리에 앉아 건에게 말했다.

"혹시 원하는 컨셉 같은 것이 있나요? 예를 들면 멋지게 나오게 해달라거나, 남성적으로 나오게 해달라거나, 혹은 중성적인 섹시미 같은?"

건이 미소 띤 얼굴로 손을 내저었다.

"아직 어떤 곡인지도 모르는걸요. 그런 컨셉은 곡에 맞게 짜셔야죠."

맨슨이 만족스러운 얼굴을 하며 말했다.

"학생이라고 들었는데 프로 같은 말을 하시네요. 하하. 그럼 바로 스케줄 잡겠습니다."

맨슨이 자리에서 일어나 전화기를 꺼내며 잠시 자리를 뜨려 했다. 그의 뒷모습을 보고 있던 팀 커튼이 물었다.

"이봐, 곡 제목이라도 알려 주고 가라고!"

맨슨이 고개만 뒤로 돌리며 말했다.

"Sad Devil Gamygyn(슬픈 악마 가마긴)이에요."

조니 립이 고개를 갸웃하며 말했다.

"가마긴이 뭐야, 악마 이름인가?"

팀 커튼이 커피를 한 모금 마신 후 말했다.

"그 왜 솔로몬의 72 악마 전설에 나오는 악마 있잖아. 엄청 고위 악마라던데."

조니 립이 그러냐는 듯 고개를 끄덕이며 말했다.

"이번 앨범 타이틀곡 제목인가 보네요? 그럼 케이가 그 악마 역할을 하게 되는 건가?"

팀 커튼이 고개를 끄덕이며 말했다.

"아마 그렇겠지. 케이에게 나와달라고 사정해 놓고 조연을 주지는 않을 테니 말이야."

건이 처음 듣는 이름이지만 어쩐지 생소하지 않은 이름에 고개를 갸웃하며 물었다.

"그런데 가마긴이란 악마는 어떤 악마예요?"

팀 커튼이 테이블에 커피잔을 놓으며 말했다.

"음…… 솔로몬의 72 악마라는 책에 자세히 나와 있는데 말이야. 원래는 타천사였어. 알지? 악마라고 알려진 애 중 고위 악마는 원래 천사였잖아? 타락한 천사 루시퍼를 따르는 무리가 아마겟돈을 일으키고 지옥에 떨어져 악마가 됐다는 건 유명한 이야기니까 알 거고."

"한마디로 말하면, '악마가 되고 싶어 타락한 게 아닌 악마'라고들 하지. 아버지를 따른 것뿐이니까."

며칠 후 뮤직비디오 세트장.

맨슨으로부터 미리 이번 곡의 컨셉을 서면으로 받은 건이 조금 일찍 세트장에 도착해 메이크업용 의자에 앉아 곡의 정보와 함께 동봉된 컨셉을 보고 있었다.

-Sad Devil Gamygyn.

시골 마을에 한 소년이 있었다.

소년이 사는 작은 마을에는 몇 안 되는 사람들이 사이좋게 살고 있었다. 하지만 어느 날, 작은 마을에 도적 떼가 들이닥쳤고, 마을 사람들은 모두 죽었다.

눈앞에서 어미의 따뜻했던 가슴에 차가운 칼날이 꽂히는 것을 본 소년은 엄마가 숨겨준 헛간에서 숨소리도 내지 못하고 오들오들 떨고 있었다.

도적 떼가 물러가고, 마을 사람들의 시체에 까마귀 떼가 몰려들어 어미의 시신을 갈기갈기 찢어발길 무렵.

소년이 헛간에서 나와 헛구역질을 했다. 소년의 눈에 절망 섞인 암울함이 맴돌 때, 소년의 앞에 찬란한 금빛 날개를 가진 천사가 내려왔다.

천사는 소년에게 손을 내밀었고, 천사의 손을 잡은 소년은 천사를 따라 빛으로 가득한 그곳으로 떠났다.

자신을 구해준 천사를 맹목적으로 따르던 소년은 성장해, 성스러운 에덴을 지키는 자랑스러운 전사로 다시 태어났지만, 자신을 창조한 신보다 그를 더 따랐던 소년은 결국 타락한 그를 따라 지옥으로 떨어졌다.

영원과도 같이 이어진 전투 동안 소년을 도와줬던 천사는 소멸했고, 소년의 분노가 천사를 죽인 이로 향했다. 소년은 영혼이 추방된 채 죽음의 경계를 넘어 죄악으로 가득한 땅 위를 헤매었다.

끝없이 반복되는 전투와 멈출 수 없이 지루하게 이어지는 불사의 권리는 소년을 한없이 피폐하게 만들었다.

뒤늦게 자신을 구했던 존재는 천사가 아니라, 자신이 살던 곳의 주인임을 깨달은 소년은 다시 빛으로 가득한 곳으로 돌아가기 위한 꿈을 꾸었다.

하지만 수만 년간 이어진 전쟁으로 이미 지옥의 고위 악마가 되어버린 소년은 오늘도 나팔 소리가 울려 퍼지던 그곳으로 돌아가길 갈구한다.

건이 고개를 끄덕이며 생각했다.

'슬픈 이야기를 가지고 있구나, 가마긴이란 악마는.'

"일찍 왔구먼?"

갑자기 뒤에서 들리는 소리에 고개를 돌린 건이 놀란 눈으로 물었다.

"팀 커튼 감독님? 여긴 웬일이세요?"

회색 슈트 상의에 갈색 바지를 입은 팀 커튼이 옆에 놓인 의자에 앉으며 말했다.

"아니 내가 있는데, 굳이 뮤직비디오 감독을 왜 구해? 맨슨의 뮤직비디오에 나만큼 어울리는 감독이 또 있나? 그래서 그냥 내가 해주겠다고 했지."

건이 반색하며 말했다.

"아, 그래요? 그럼 이번엔 감독님의 영화에 음악이 아니라 연기로 출연하게 된 거네요?"

팀 커튼이 씨익 웃으며 말했다.

"나도 케이 널 찍고 싶었다고 했잖아. 맨슨은 네 유명세를 등에 업고, 나는 널 촬영하고. 서로 원원하는 게지. 하하."

건이 팀 커튼과 함께 웃다 들고 있는 서류를 들어 보였다.

"감독님도 컨셉 보셨어요? 대 악마 가마긴에 대한 거라고 쓰여 있는데."

팀 커튼이 건의 손에서 서류를 받아 들며 말했다.

"왜 당연한 소릴 해? 내가 감독이거든? 컨셉은 이미 다 잡아놨으니까, 시키는 대로만 잘해. 그러면 여섯 시간 안에 끝내줄 테니까."

건이 엄살을 피우며 몸을 옆으로 눕혔다.

"에헥! 여섯 시간이나요?"

팀 커튼이 그런 건을 째려보며 말했다.

"일주일 동안 찍는 감독도 있어, 여섯 시간이면 엄청난 거거든?"

건이 팀 커튼과 장난을 치는 동안 키가 작고 얼굴에 주근깨가 많은 붉은 머리의 여성이 다가왔다.

"안녕하세요, 감독님."

팀 커튼이 이마에 주름을 만들며 뭐냐는 듯한 표정을 짓자 여인이 말했다.

"특수 분장 팀의 캐서린입니다. 케이 씨 메이크업을 하러 왔는데요."

팀 커튼이 그제야 얼굴을 펴고 자리에서 일어나며 말했다.

"그래요? 그럼 잘 부탁합니다. 특히 입술 쪽이랑 눈 주위를 약간 붉게 해주시는 것 잊지 말고요."

캐서린은 팀 커튼이 로케이션 체크를 하기 위해 이동하는 것을 본 후 건을 보며 말했다.

"반갑습니다. 오늘 특수 분장을 해드릴 캐서린이에요. 말씀 많이 들었어요. 실제로 보니까 소문이 정말이었네요."

건이 고개를 갸웃하며 물었다.

"소문이라니요?"

캐서린이 약간 붕 뜬 건의 머리를 만져 보며 말했다.

"가위 손의 뮤직디렉터 케이가 엄청난 미남이란 말요."

건이 살짝 웃음을 지으며 말했다.

"그런 소문이 있어요? 하하, 기분은 좋네요."

캐서린이 몸을 숙여 앞에 놓인 거울에 비친 건을 보며 말했다.

"확실하게 아름다운 천사로 만들어 드릴게요."

건이 한쪽 눈썹을 치켜들며 말했다.

"악마가 아니고요?"

캐서린이 브러쉬를 꺼내 머리를 빗으며 말했다.

"첫 장면은 케이가 천사가 되기 전부터 촬영이에요. 평범하지만 너무도 아름다운 소년. 그것이 첫 촬영에서의 역할이세요."

잠시 후 의상 담당자가 중세 시대의 가난한 평민들이 입었을 만한 연녹색 옷을 가져왔다. 건이 옷을 들어보니 여기저기 기운 흔적이 남아 있었고, 옷의 끝부분이 다 헤져 있었다. 건이 옷을 입은 후 신발을 찾았다.

"어! 신발은 없나요?"

의상 담당자가 건의 상의 끝부분에 가위로 스크래치를 더내며 답했다.

"네, 신발은 안 신고 있을 거예요, 캐서린! 케이 씨 발에도 분장해 주세요!"

곧 캐서린이 달려와 건의 발에 더러운 것이 잔뜩 묻은 듯한 분장을 했다. 한참 분장을 하던 캐서린이 몸을 일으켜 세우며 외쳤다.

"여기, 케이 씨 #1-1 분장 완료되었습니다!"

기다렸다는 듯 바로 조연출로 보이는 남자가 헐레벌떡 다가왔다.

"케이 씨! 이쪽으로 오시면 됩니다."

건이 조연출을 따라가자 수많은 카메라와 조명들로 북적북적한 촬영장이 나왔다.

첫 촬영은 잔디밭으로 이루어진 언덕에서의 촬영이었는지 특별한 세트장은 보이지 않았다. 건이 사람들을 헤치며 나오자, 건을 본 여성 스텝들이 수군거렸다.

"세상에, 진짜였네?"

"거봐, 아까 캐서린이 커피 가져갈 때도 이야기했었어. 장난 아니다, 얘."

"진짜 예쁘게 생겼다, 어떻게 남자가 저렇게 생겼지?"

건은 정신없는 촬영장의 분위기 때문에 주위 사람들의 말이 귀에 들어오지 않았다. 그저 메인 카메라 옆에서 동선을 체크 중인 팀 커튼을 보며 그에게 다가간 건이 말했다.

"감독님, 저 왔어요."

메인 카메라 감독과 이야기하던 팀 커튼이 고개를 돌려 건을 보고는 멍한 표정을 지었다. 잠시 우두커니 건을 바라보던 팀 커튼이 고개를 살짝 흔들며 눈을 깜빡이며 말했다.

"휘유! 그렇게 분장하니까, 진짜 미소년이군. 평소에도 그러고 다니지그래?"

건이 이를 드러내며 웃었다.

"그럴까요?"

팀 커튼을 비롯한 스탭들이 환하게 웃는 걸을 보며 다시 한 번 넋을 잃었다. 팀 커튼이 정신을 차리려는 듯 자신의 뺨을 몇 번 때리더니 건의 손을 잡고 언덕 위로 올라갔다.

　언덕의 가장 꼭대기에 도착한 팀 커튼이 건의 손을 놓은 후 카메라 쪽을 바라보고 서서 말했다.

　"자, 한 번만 딱 설명해 줄게 잘 들어. 여기서 저쪽 카메라 쪽을 보고서되, 카메라를 봐서는 안 돼. 멀리 하늘을 봐. 이거 다 CG 입힐 거니까, 그냥 손을 내밀고 네 손에 하얀 비둘기가 앉았다고 생각하고 미소를 지으면 돼. 내가 컷 할 때까지는 연기가 끝나도 계속 미소를 머금고 있는 거야. 어때, 이해했어?"

　건이 고개를 끄덕이자, 팀 커튼이 팔짱을 끼고 말했다.

　"자, 지금 한 번 해봐. 리허설 한다고 생각하고."

　건이 언덕 아래를 보니 모든 스탭이 자신을 보고 있었다. 살짝 쑥스러워진 건이 머뭇거리자, 팀 커튼이 말했다.

　"케이, 네가 연기 빨리 끝내주면 저 사람들도 집에 일찍 갈 수 있는 거야. 잘해야겠지?"

　팀 커튼의 말에 건이 다시 한번 스탭들을 돌아본 후 고개를 끄덕였다.

　건이 잠시 눈을 감고 집중한 후 서서히 눈을 떴다. 바닥을 보던 눈동자가 서서히 하늘을 보았고, 조금씩 미소를 짓던 얼굴이 손을 뻗은 후 얼굴 가득 환한 웃음을 담았다.

팀 커튼의 눈에 CG도 넣지 않은 상태의 건의 손에 눈부시게 하얀 비둘기가 내려앉는 듯한 환상이 보였다. 잠시 입을 벌린 채 건을 보고 있던 팀 커튼은 건이 계속 웃고 있자 조용히 말했다.

"……컷."

건이 그제야 웃는 것을 멈추고 팀 커튼을 쳐다보았다.

"괜찮았어요, 감독님?"

팀 커튼이 손을 휘휘 저으며 카메라가 있는 언덕 아래로 내려가며 말했다.

"어쩌면 CG가 필요 없을지도 모르겠다. 대기해."

팀 커튼은 메인 카메라가 있는 곳 옆에 놓인 간이 좌석에 앉아 외쳤다.

"바로 들어갑니다. 조명 감독! 케이 왼쪽 머리 위에서 빛이 떨어지게 해줘! 그래, 거기! 아니, 조금 왼쪽. 그래, 거기야! 슛 들어갑니다. 카메라 OK? 레디, 액션!"

팀 커튼은 건의 연기가 끝난 후 두말없이 자리에서 일어나며 말했다.

"OK! 다음 #1-2로 이동합니다. 오두막 스튜디오에서 바로 슛 들어갈 테니 카메라 스텝 전부 이동하고, 조명 감독은 케이가 밖을 보고 있는 벽 틈 사이 구멍에서 빛이 쏟아지도록 잘 조절해줘요. 5분 뒤에 바로 찍을 거니까, 다들 빨리빨리 갑시다!"

건은 항상 기행만 일삼던 팀 커튼의 감독다운 모습을 보며 새롭다는 듯 생글생글 웃으며 그를 보고 있었다. 다급하게 다가온 캐서린이 바람에 약간 헝클어진 건의 머리를 매만지며 속삭였다.

"대단해요, 감독님이 한 번에 OK 하는 건 처음 봤네요."

건이 캐서린을 보며 물었다.

"아, 원래 여러 번 찍나요?"

캐서린이 당연하다는 눈으로 말했다.

"여러 번 정도가 아니에요. 저는 캐러비안의 해적 때도 함께 했었는데, '키이라 나이틀리'가 단지 선착장에서 바다를 바라보는 모습을 세 시간이나 찍었었다고요. 영화에서 딱 3초 나오는 장면이었는데……. 이렇게 한 번에 끝나 버리는 신은 처음 봐요."

건이 별거 아니라는 표정으로 걸으며 말했다.

"에이, 영화가 아니라 뮤직비디오니까 그러시겠죠. 별로 중요한 장면도 아닐 테고."

캐서린이 건을 따라붙으며 계속 머리를 만져주었다.

"글쎄요, 제 생각엔 오늘 촬영은 기록적으로 빨리 끝날 것 같은 예감이 들어요."

캐서린의 예감은 적중했다.

그 날 팀 커튼은 자신의 생애에서 가장 빠르게 촬영을 끝냈다. 물론 맨슨이 노래를 하는 장면이 삽입될 예정이라 따로 밴드 멤버들의 촬영이 남아 있었지만, 건의 분량이 절대적으로 많았기 때문에 뮤직비디오의 70% 이상은 촬영이 완료된 셈이었다.

오죽하면 천사나 악마로 분장하기 위해 한 시간 반 이상 메이크업을 한 건이 실제 촬영은 10분 안에 끝나 하루 종일 메이크업 의자에 앉아 있는 건의 모습만 보았다는 스텝들의 뒷이야기가 나올 지경이었다.

특히 녹색 CG용 배경 앞에서 악마가 된 건이 손을 높게 들며 전투 지시를 내리는 신에서는 오히려 분장을 옅게 해 건의 원래 얼굴이 그대로 나가게 하라는 지시가 나와 스텝들 사이에서 화제가 되었다.

그리고 이 소식들은 부풀려지고, 다듬어져 기자들에게 전해졌다.

♪♪♪

다음 날.

건이 맨슨의 밴드가 노래하는 장면을 촬영하는 스튜디오에 구경을 왔다. 집으로 초대한 팀 커튼이 촬영을 가면 혼자 텅 빈 집에 남아야 했기에 건의 입장에서는 다른 대안이 없기도 했다.

팀 커튼은 턱을 괸 채 감독 전용 좌석에 앉아 물끄러미 촬영용 분장을 하는 밴드들의 모습을 보고 있었고, 건은 그런 팀 커튼의 옆자리에 앉아 하쿠를 꺼내 들고 맨슨의 신곡인 'Sad Devil Gamygyn'의 악보를 보며 기타로 연주해 보았다.

건이 악보를 보며 생각했다.

'가사가 주는 느낌과 곡의 느낌이 서로 다르다. 어떤 생각으로 만든 거지?'

건이 악보의 맨 앞 페이지에 있는 가사를 읽어 보았다.

너무 아름다운 한 소년이 있었지.
그에게 어둠보다 더 어두운 저주가 내린 날.
루시퍼가 소년에게 손을 내밀었지.
소년은 루시퍼를 따라 천국으로 향했어.
천사가 된 소년은 모두의 행복을 바랐지.
어느 날, 타락한 루시퍼가 말했어 나와 함께 가자.
나와 함께 가자, 그들을 타락시키러.
그들을 그의 빛이 닿지 않는 곳으로 인도해.
이제는 그를 잊어야 할 시간.

건이 펜을 꺼내 들고 악보에 체크하며 생각했다.

'가사는 분명 A파트에서 소년의 슬픔에 대해 말하고 있고, 사비에서는 루시퍼가 소년에게 말하는 것으로 보이는데, 왜 악보에 표기된 음표의 색은 온통 회색일까? 불명확한 혼돈만 가득한 이 곡이 듣는 사람에게 전달하려는 감정은 뭘까?'

심각한 표정으로 뚫어지게 악보를 보고 있는 건의 옆에 있던 팀 커튼이 그 모습을 빤히 보았다.

팀 커튼은 조용히 손짓으로 아직 분장을 하고 있던 맨슨을 불렀다. 메이크업을 받던 맨슨이 팀 커튼을 보자, 그가 손가락으로 건을 가리켰다. 맨슨이 건을 보더니 살짝 놀란 표정으로 옆자리에서 분장 중인 트위기를 불렀다.

"트위기, 저기 봐. 케이가 악보를 보고 있어. 손에 펜까지 들고 있는걸 보니 뭔가 할 생각인 모양인데?"

길게 기른 머리에 드레드락 펌을 한 트위기 라미레즈가 반쯤 분장해 더욱 기괴해진 얼굴로 건을 보았다. 자신이 작곡한 곡을 건드리는 것에 자존심이 상할 만도 했지만, 트위기의 표정은 오히려 기쁜 표정이었다.

"맨슨. 만약 케이가 여기서 편곡을 한다면, 우리 녹음 다시 하지 않을래?"

맨슨이 당연하다는 듯 고개를 크게 끄덕였다.

"정말 그래 준다면 다시 해봐도 좋지. 네가 허락한다면 말이야."

맨슨은 쉽지 않은 선택을 해준 트위기에게 고마움을 느끼며 조심스럽게 말했다. 사실 트위기는 맨슨과의 음악적 충돌로 2000년에 밴드를 탈퇴한 적이 있었다.

계속 마들렌 맨슨의 흥행 참패가 이어지자, 2009년에 트위기가 밴드로 돌아왔지만, 여전히 흥행 성적은 나아지지 않고 있었다.

하지만 맨슨은 트위기라는 든든한 아군이 다시 돌아와 줬다는 것만으로 고마웠기에, 항상 그에게 말을 조심해서 하고 있었다.

맨슨이 옆에서 분장을 받으며 떠들어대는 다른 멤버들을 보며 조용히 검지를 입에 대었다. 팀 키튼이 조연출에게 손짓하여 세트 내부에 작게 흐르고 있던 신곡의 MR 역시 재생을 중지시켰다.

건이 악보에 집중해 있는 동안 세트 내부는 쥐 죽은 듯 조용하게 변했고, 모든 스텝이 건이 움직이고 있는 펜에 시선을 고정하고 있었다.

이런 주변의 변화를 눈치채지 못한 건은 생각을 멈추지 않았다.

'가사가 전해주는 느낌을 살리려면, 악마 특유의 혼돈 외에도 암울함을 나타내는 블랙과 슬픔을 나타내는 블루가 섞여야 한다. 만약 나라면 도입부의 A파트 시작 부분은 아르페지오로 아름다운 선율을 내고, 가사가 시작되는 부분에는 슬픔을 들려준 후 첫 번째 사비에서 혼돈으로 변화를 줄 것 같아. 그렇게 고치면 어떻게 될까?'

건은 생각대로 악보를 고쳐 나갔다. 회색 일변도였던 악보는 건의 펜이 움직이며 서서히 블랙과 블루가 섞인 악보로 변해갔다. A파트를 다 고친 건이 다음 페이지를 넘겨 B파트의 가사를 보았다.

소년은 영혼이 추방된 채 죽음의 경계를 넘어 죄악으로 가득한 땅 위를 헤매었어.

끝없이 반복되는 전투와 멈출 수 없이 지루하게 이어지는 불사의 권리는 소년을 한없이 피폐하게 만들었어.

소년은 루시퍼에게 말했지, 이게 옳은 건가요?

'여기가 진짜 슬픔과 혼돈이 뒤섞인 부분이 되겠네.'

건의 펜이 다시 움직였다. 그렇게 악보의 끝까지 수정을 한 건이 하쿠를 들었다. 노래를 부르지는 않았지만, 기타의 리프 부분을 연주해 보았다.

그런 건의 코드 잡은 손에 시선을 고정하고 있던 트위기가 살짝 놀란 듯이 맨슨에게 소곤댔다.

"맨슨, 저거 우리 코드에서 손가락 하나만 더 대는 거 같은 데? 음, 하나 바뀐다고 뭐가 달라질까? 디스트를 잔뜩 먹인 소리인데 말이야."

맨슨 역시 건에게 시선을 고정한 채 고개를 끄덕이며, 나직하게 말했다.

"그런 것 같긴 한데, 알잖아? 쟤 천재인 거. 슬슬 끝난 거 같은데 같이 가보자."

맨슨과 트위기가 다가서자 하쿠를 들고 연주를 하던 건이 고개를 들었다.

"아, 미스터 맨슨, 라미레즈 씨."

맨슨이 웃으며 손을 내밀었다.

"하하, 뭘 그렇게 집중해서 하고 있어? 나도 같이 보면 안 될까?"

자신만의 작업에 집중하느라 맨슨으로 오는 것도 알아채지 못했던 건이 맨슨을 보며 약간 미안한 표정을 지었다.

"아, 그게. 죄송해요, 제가 주제넘었죠?"

트위기도 앞으로 나서서 악보 쪽으로 고개를 내밀면서 궁금한 표정으로 말했다.

"아냐, 진짜 궁금해서 그래. 한번 보자, 응?"

건이 할 수 없다는 듯 악보를 내밀자 그 모습을 본 팀 커튼이 피식 웃으며 말했다.

"넌 아직 자각이 없구나? 네가 어떤 사람인지."

건이 팀 커튼을 보자 관심을 끊었다는 듯 턱을 괴고 맨슨을 보던 팀 커튼이 정신없이 악보를 읽고 있는 트위기와 맨슨에게 말했다.

"맨슨, 트위기. 너희 이 분장이랑 이 세트에서 그냥 촬영할 거야?"

악보에서 눈을 떼지 못하던 맨슨이 고개를 들어 팀 커튼을 보았다.

"예? 그런 거 아니에요?"

팀 커튼이 턱을 그대로 괸 채 말했다.

"너희들 흥행 성적 안 나오는 이유가 뭐라고 생각해? 음악이 안 좋아서? 그것도 맞긴 해, 확실히 초창기의 너희들과는 좀 다르긴 하지."

트위기가 팀 커튼을 보며 물었다.

"다른 어떤 문제라도 보여요, 팀?"

팀 커튼이 턱을 괸 손을 빼 검지를 들었다.

"너희 클리셰(cliché) 라는 말 알지?"

트위기가 살짝 우울한 얼굴로 말했다.

"알죠, 새로움이 없는 상투적인 것. 저희 역시 마들렌 맨슨 특유의 클리셰를 파괴하려고 노력 중이니까요."

트위기의 힘없는 대답에 팀 커튼이 카메라의 모니터를 손가락으로 톡톡 치며 말했다.

"그래, 클리셰를 파괴하겠다는 놈들이 이런 세트에 그런 분장을 해?"

건이 고개를 빼 세트장을 둘러보았다. 회색의 어두운 조명에 바닥에는 눈밭이 펼쳐져 있었고, 군데군데 잎사귀가 없는 가지만 앙상한 나무들이 서 있었다.

고개를 돌려 맨슨과 트위기를 보니 새하얀 얼굴에 보라색 립스틱, 짙은 아이라인의 맨슨 특유의 분장을 하고 있었다.

맨슨이 약간 억울하다는 눈빛으로 어깨를 으쓱하며 말했다.

"이게 우리 마들렌 맨슨의 색이에요, 팀. 악마적이고 퇴폐적인 느낌. 저희 밴드 이름의 유래는 아시잖아요?"

팀 커튼이 다시 턱을 괴며 말했다.

"알지, 당대의 섹스 심벌이었던 마들렌 먼로(Madeleine Monroe)와 연쇄 살인마 찰스 맨슨(Charles Milles Manson)이 합쳐진 이름. 둘의 느낌이 합쳐져 퇴폐적이고 폭력적인 것이 너희의 색이지. 그래서?"

맨슨이 자신의 의상과 분장을 매만지며 말했다.

"말씀하신 것처럼 우리의 색은 그런 겁니다. 그래서 이런 분장을 하고 있고요."

팀 커튼이 맨슨을 째려보며 말했다.

"난 음악은 잘 몰라. 하지만 너희 뮤직비디오는 알지. 이 세트장, 그 분장. 2000년에 발표한 'The Nobodies' 뮤직비디오와 뭐가 다르지?"

트위기가 고개를 끄덕이며 말했다.

"알아요, 비슷한 거. 그럼 어떡해요? 뭐, 천사로라도 분장해 볼까요?"

팀 커튼이 검지를 까딱거리며 말했다.

"천사? 참, 신선하기도 하네. 악마 분장하던 놈들이 천사 분장하면 누가 신선하다고 해 줄 것 같아?"

맨슨이 불만스러운 표정으로 말했다.

"그럼 어쩌라고요?"

팀 커튼이 의자에 등을 붙이며 편안히 앉았다.

"클리셰. 진짜 파괴해 볼 생각은 있어? 물론 음악적인 건 말고. 그건 너희 자존심일 테니까. 비주얼 적으로."

트위기와 맨슨이 동시에 고개를 끄덕이자 팀 커튼이 몸을 앞으로 숙이며 말했다.

"보통 사람이 되어봐. 아무 분장하지 말고. 정장 같은 거 입고 깔끔하게."

맨슨과 트위기는 살짝 놀라는가 싶더니 서로를 바라보다 동시에 고개를 끄덕였다.

"괜찮은데요?"

팀 커튼이 손가락을 튕기며 말했다.

"괜찮으면 실행에 옮겨야지. 분장 다시 해봐. 난 세트를 손보지."

팀 커튼이 자리에서 벌떡 일어나자 맨슨이 그의 어깨를 잡았다.

"잠시만요, 팀. 잠깐만 시간을 줘요."

팀 커튼이 뭐냐는 듯 이마에 주름을 만들자 맨슨이 멀뚱히 앉아 있는 건을 보며 말했다.

"케이. 네가 편곡한 이 곡. 우리가 써도 될까?"

건이 살짝 놀라며 트위기와 맨슨을 번갈아 보았다. 트위기 역시 고개를 끄덕이며 거들었다.

"그래, 악보를 보는 순간 원곡보다 괜찮다는 게 느껴졌어. 이대로 앨범을 발표하면 우린 또 흥행에 실패하게 될 거야. 그럼 이 순간을 정말 후회하겠지."

맨슨이 건의 앞에 다가와 몸을 숙여 의자에 앉은 건에게 눈을 맞췄다.

"이번에도 실패하면, 우리에게 남은 기회는 다시 없을 수도 있어. 만약 케이 너만 허락해 준다면 팀이 세트를 다시 만드는 동안 다시 녹음해 오지. 뮤직비디오 촬영할 때 틀 MR은 있어 하니까."

건이 팀 커튼을 보자, 그가 고개를 끄덕이며 눈을 찡긋했다. 마침내 건이 허락의 뜻을 보내자 팀 커튼이 웃음을 지으며 말했다.

"좋아, 어서 녹음들 하러 가라고! 난 세트를 다 부수고 새로 만들어둘 테니."

특수 분장팀의 캐서린이 멍한 표정으로 분주히 움직이는 스텝들을 보고 있었다.

갑자기 진행 중인 모든 일정을 중단하고 세트를 다시 만든다는 감독의 지시에 졸지에 할 일을 잃게 된 메이크업 아티스트들은 세트 작업으로 인해 스튜디오 밖에서 얼마간 대기하게 되었다.

맨슨과 트위기의 요청으로 녹음 스튜디오에 함께 가게 된 건까지 자리를 비우자 낙동강 오리 알 신세가 된 캐서린이 스튜디오 외벽에 등을 기대고 다음 지시를 기다리고 있었다.

'팀 커튼 감독님도 참, 실행력 하나는 대단한 사람이야. 케이도 그래, 즉석에서 악보를 수정해? 거기다 그걸 믿고 마들렌 맨슨 정도 되는 밴드가 녹음을 다시 한다니⋯⋯.'

지이이이잉.

캐서린이 품 안에 둔 핸드폰이 토해내는 진동에 안주머니를 뒤져 핸드폰을 꺼내 보았다.

마리아 슈라이버.

액정 화면에 뜬 이름을 본 캐서린이 반색하며 전화를 받았다.

"마리아 언니!"

전화기 너머로 약간 허스키한 여성의 목소리가 흘러나왔다.

-어, 캐서린. 잘 지냈어?

"네, 그럼요. 언니도 잘 지내세요? 언니 이혼하고 나서 한 번 보고는 처음 연락이네요."

-아, 미안해. 알잖아? 나 바빴던 거.

"농담이에요 언니, 헤헤. 그런데 웬일이세요?"

-아, 다름이 아니고 너 지금 마들렌 맨슨 뮤직비디오 촬영 장에 있다며?

"네, 인터스코프랑 계약이 되어 있으니까요. 어떻게 아셨어요?"

-내 직업이 괜히 기자인 줄 알아?

"아, 맞다 언니 기자였지? 어? 이혼하고 다시 복귀한 거예요? 관뒀었잖아요?"

-응, 나도 먹고살아야지, 그게 문제가 아니라 케이 정보 좀 줘.

"아…… 언니 그건 좀 어려울 것 같은데……."

-야, 지금 케이 뉴스 하나 따내면 제대로 특종이야. 얼마나 꽁꽁 숨어 있는지 찾을 수도 없고, 촬영장에 들어가려고 하면 그 괴팍한 팀 커튼이 예민하게 굴어서 다가갈 수도 없다고. 언

니 살리는 셈 치고 하나만 던져줘 봐. 복귀하고 나서 한 건 터 트러줘야 나도 살지.

"으음…… 말하면 안 되는데……."

-알았어, 이번에 하나 던져주면, 마이애미에 있는 내 별장에 서 이번 여름 휴가 보내게 해줄게, 콜?

"진짜요, 수영장까지 쓸 수 있게 해줄 거예요? 아, 친구들도 같이 가도 돼요?"

-그래, 요리사까지 섭외해 줄 테니까 몸만 와.

"그래도…… 계약서 쓸 때 N.D.A(비밀보장서약)에 사인했단 말이에요.

-아, 걱정 마 만약에 네가 이 일로 인해 회사에서 잘리고 업 계에서 쫓겨나면 네 미래는 내가 책임질게. 그래, 그냥 차라리 나 따라다녀. 메이크업 아티스트는 나도 항상 필요하니까. 안 되면 우리 회사 아나운서 애들한테 말해서라도 확실히 책임져 줄게.

"음…… 그래도 좀 겁나는데……."

-이럴 게 아니라 내가 국장한테 가서 아예 너 우리 방송사로 끌어오는 걸로 결정지어 줄게! 콜?

"OK 딜! 근데 케이는 지금 여기 없어요, 언니."

-왜? 뮤직비디오 출연한다는 소문이 있던데?

"아, 그건 맞는데, 케이가 즉석에서 신곡을 편곡했어요. 지금 마들렌 맨슨이랑 스튜디오로 녹음하러 갔고요."

-뭐? 이미 앨범 제작 완료된 것 아니었어?

"저도 그렇게 알고 있었는데, 한 곡만 다시 녹음하겠대요, 어차피 싱글 앨범이라 상관없나 봐요."

-자, 잠깐만!

전화기 너머로 키보드 소리가 요란하게 울리는 것을 보니 즉시 기사를 쓸 요량으로 보였다.

-아, 미안. 그러니까 지금 마들렌 맨슨이랑 케이가 녹음하러 스튜디오로 갔다는 거지?

"네, 언니."

-그…… 신곡 이름이 뭐지?

"신곡 이름이…… 'Sad Devil Gamygyn'이랬어요."

-좋아, 뮤직비디오 현장에서 다른 일은 없었고?

"음…… 케이가 출연하는 분량은 다 찍었는데, 갑자기 팀 커튼 감독님이 세트장을 다 뒤집어엎고 있어요. 다른 세트장에서 다시 찍는대요."

-그래? 그건 뭐 큰 뉴스는 아니겠네. 알았어! 고마워, 여름에 나도 별장에 갈 테니 그때 보자!

"네, 언니. 약속 안 지키면 안 돼요!"

-하하, 걱정 마. 미리 집사한테 이야기해 둘게. 그럼 끊는다. 땡큐!

전화를 끊은 캐서린이 쪼그리고 앉아 기사를 검색하자 15분도 지나지 않아 기사가 올라왔다.

[가위 손의 음악 에디터 '천재 케이' 마들렌 맨슨을 프로듀싱하다!]
워싱턴 포스트, 마리아 슈라이버.

쇼크 록(Shock Rock), 인더스트리얼 메탈(Industrial Metal) 록그룹 마들렌 맨슨(Marilyn Manson)이 새 싱글 앨범 'Sad Devil Gamygyn'을 발표한다.

2015년 발표한 'The Pale Emperor' 이후 2년 만에 새 앨범으로 찾아온 마들렌 맨슨의 뮤직비디오에는 리마스터된 영화 '가위 손'의 뮤직 에디터 '케이'가 출연하게 되어 화제가 되고 있다.

정보통에 따르면 뮤직비디오 촬영장에서 즉석에서 신곡을 편곡한 케이의 음악에 마들렌 맨슨이 촬영을 중단 후 재녹음을 결정했다고 한다.

현재 모종의 스튜디오에서 비밀리에 재녹음되고 있는 신곡은 천재라고 알려진 케이의 손에 재탄생할 것으로 예상된다.

한편 모 교수는 마들렌 맨슨이 보여주는 반기독교적이고 선정주의 가득한 퍼포먼스는 분명히 경계해야 하는 부분이라고 전제했다.

하지만 이런 일이 있을 때마다 피켓을 들고 공연을 보이콧하는 행위는 노이즈 마케팅이 될 뿐이라며 기독교인들이 나서지 않았으면 좋겠다고 말했다.

[무단 전재 및 재배포 금지]

기사는 순식간에 조회 수 10만을 넘겼고, 현재도 빠르게 조회수가 늘고 있었다. 캐서린이 핸드폰을 들어 친구들에게 여름 휴가에 대한 계획을 떠들어 대고 있을 때, 건은 워싱턴 5번가 노스웨스트에 위치한 'Red house Studio' 작업실에 앉아 녹음실 안에 있는 밴드들을 보고 있었다.

맨슨과 트위기는 부산하게 움직여 악기를 세팅하고 있다가, 밖에서 엔지니어와 함께 있는 건을 보고선 녹음실 문밖으로 고개를 내밀었다. 맨슨이 건의 옆에 앉은 백인 엔지니어에게 말했다.

"도미닉, 오늘 프로듀서는 케이니까, 녹음실 마이크로 지시 내릴 수 있도록 도와줘."

도미닉이 건을 한번 힐끗 본 후 말했다.

"네, 미스터 맨슨. 케이 씨? 이쪽에 붉은 버튼이 앰프를 끄는 버튼이고, 여기 테이블 위 녹색 버튼을 누른 후 말씀하시면 녹음실 내부에 들리게 됩니다. 이해되셨죠?"

건이 마이크를 조작해 보며 입을 대고 말했다.

"아, 아. 이렇게요? 미스터 맨슨, 들리세요?"

녹음실 안으로 들어가 기타를 메고 있던 맨슨이 손가락을 동그랗게 만들어 들린다는 표시를 하며 웃었다. 건이 옆에 놓인 악보를 들어 체크한 후 마이크에 입을 대고 말했다.

"녹음 가볼게요. 미스터 라미레즈. 첫 부분의 아르페지오는 일렉보다는 베이스로 가는 게 좋을 것 같으니, 부탁드려요. 아름다운 선율이지만 뒤에 나오는 혼돈과 암울함을 암시해야 하니까요."

트위기가 알았다는 듯 고개를 끄덕이며 연주를 시작했다. 잠시 후 엔지니어가 앰프의 베이스 음을 올리자, 트위기 특유의 음울한 베이스 음이 스피커를 타고 흘러나왔다.

눈을 감고 집중하던 건의 입가에 미소가 걸렸다. 트위기는 연주하며 건의 눈치를 보다 건의 표정이 밝은 것을 보고 신이 나 연주를 계속했다.

베이스 트랙은 한 번에 녹음이 종료되었다. 바로 키보드 투어 세션인 다니엘의 드럼 녹음이 시작되었고, 큰 문제 없이 세 번의 녹음으로 드럼 파트 트랙까지 녹음한 후 건이 말했다.

"다음은 폴 와일리 씨. 일렉 기타 파트 녹음하겠습니다."

녹음실 의자에 앉아 있던 폴 와일리가 디스토션을 밟자, 건이 말했다.

"와우도 연결해 주세요. 와일리 씨."

와일리가 고개를 끄덕이며 잭 하나를 더 꺼내어 와우 페달을 연결했다. 그것을 본 건이 눈짓하자 도미닉이 컴퓨터의 화면에 일렉 기타 파트를 체크 한 후 큐 사인을 내렸다.

인터스트리얼 록 특유의 디스트 가득한 사운드가 울려 퍼지자, 의자에 앉아 있던 맨슨이 엉덩이를 들썩거렸다.

기존 곡과 비교해 큰 변화를 준 것은 아니지만, 케이의 손을 거친 곡은 맨슨에게 초창기 시절의 흥분을 느끼게 했기 때문이다.

잠시 후 폴 와일리의 기타 연주가 끝난 후 건의 표정이 약간 심각해졌다. 턱에 손가락을 대고 고민하고 있던 건을 모든 멤버가 주목하고 있었다.

건의 표정이 심상치 않자 맨슨과 트위기가 그의 눈치를 보기 시작했다. 건이 악보를 들어 펜으로 무언가 표기를 하기 시작했다. 폴 와일리가 그런 건을 의아한 눈으로 보며 맨슨에게 물었다.

"뭐 하는 거야? 또 뭔가 편곡하고 있는 건가?"

맨슨이 고개를 저으며 말했다.

"나도 모르지, 일단 기다려 보자고. 어차피 기타 파트 끝나고 보컬만 녹음한 후에 마스터링 걸면 늦어도 오늘 밤에는 곡이 나올 테니까 말이야."

멤버들이 건에게 시선을 집중한 채 잠시 기다리자 건이 벌떡 일어나 녹음실로 들어왔다.

건의 손에는 화이트 팔콘 기타인 '하쿠'가 들려 있었다. 건이 폴 와일리의 기타에서 잭을 뽑아 하쿠에게 연결한 후 말했다.

"에드립 쪽을 좀 보완했어요. 도미닉씨! B파트 2분 17초부터 트랙 재생해 주세요!"

밖에 있던 도미닉이 고개를 끄덕인 후 기기를 조작해 2분 17초에 맞추어 트랙을 재생했다. 건이 하쿠를 든 채 서서 고개를 까딱이며 박자를 센 후 기타 솔로 부분을 연주하기 시작했다.

건의 솔로 연주는 크게 어렵거나 빠른 속주는 아니었지만, 그 느낌을 살리기 매우 어려운 연주였다. 약 20초간 진행되는 짧은 연주였지만 그것을 보고 있는 폴 와일리가 고개를 저으며 말했다.

"휴, 그렇게 하려면 사흘은 연습해야 해. 지금 당장 그 느낌은 못 낼 것 같은데?"

건이 도미닉의 말을 듣고는 고민하는 표정을 짓자, 맨슨이 눈치를 보며 말했다.

"케이, 내일도 뮤직비디오 못 찍으면, 손해가 커. 음반 발표 일정도 문제고."

건이 악보를 보며 계속 고민하는 표정을 짓고 있자 트위기가 나섰다.

"차라리 그냥, 케이가 직접 연주해 보는 건 어때? 이름 올려줄게."

맨슨이 기쁜 표정으로 말했다.

"오! 그런 방법이 있었지. 케이! 어때? 우리 밴드에 들어오란 말이 아니야. 지금 폴이 연습할 시간이 없으니까 객원 멤버로 들어와 줘. 투어를 같이해달란 부탁은 안 할게! 응?"

건이 잠시 고민했다.

'그래, 당장 밴드에 들어가는 것도 아니고, 지금은 시간도 없으니까. 이대로 내보내긴 곡이 아깝다. 나라도 녹음해 보는 게 좋겠어.'

건이 허락의 뜻을 내비치자 맨슨과 트위기가 환호하며 도미닉에게 손짓했다.

"좋아, 도미닉. 바로 녹음 가자!"

이어진 트랙 녹음에서 모두가 한 번에 녹음 완료를 이야기했지만, 성에 차지 않은 건이 네 번의 녹음을 더 했다. 건이 자신의 파트를 녹음 후 맨슨에게 말했다.

"보컬 부분만 녹음 따면 되긴 하는데, 기존에 음과 달라지지 않았으니까, 기존 녹음 분을 쓰면 돼요. 녹음 종료입니다. 수고하셨어요."

건이 녹음실을 나가 도미닉과 의논하는 것을 본 맨슨이 전화기를 들어 어디론가 전화를 걸었다.

"네, 팀. 우리 녹음 끝냈어요."

"뭐? 무슨 녹음이 그렇게 빨리 끝나?"

"앨범 제작이 이미 한 번 완료되었었잖아요, 기존에 연습을 많이 해둬서 그런지 오래 안 걸렸어요. 보컬 트랙은 기존 녹음분을 쓰기로 했고요. 촬영장 준비는 어때요?"

"어, 오늘 밤늦게나 완료될 것 같아. 어떡할래? 오늘 바로 촬영할래?"

"아니요, 마스터링 걸면 오늘 밤늦게나 새벽에 완료될 것 같아요, 내일 오전에 찍죠."

"알았어, 내일 오전 9시까지 스튜디오로 와."

"아! 그리고 팀. 이번 녹음에 케이가 연주를 참여했어요."

"어, 그래? 뭘로? 기타?"

"네, 리드 기타 솔로 부분만요."

"그래? 흠…… 그럼 그 부분은 케이가 촬영하는 게 좋겠군. 내일 케이도 불러줘."

"예 그럼 내일 뵙겠습니다!"

기분이 좋아진 맨슨이 외쳤다.

"가자! 이런 날 술 한잔해야지."

♪♩

뉴욕 웨스트 68번가의 주택가.

"제니퍼, 클로렌! 오늘도 소식은 없는 거야?"

침대에 엎드린 채 테블릿 컴퓨터를 보고 있던 제니퍼가 자신의 금발 머리를 귀 뒤로 넘기며 시무룩하게 말했다.

"응, 없어. 하아, 도대체 뭐 하고 있는 거지? 단테 공원에 가

봐도 없고."

그 옆에 누워 있던 클로렌이 침대 위에서 몸을 굴리며 말했다.

"벌써 한 달째야. 이제 단테 공원에 안 오는 것 아닐까? 혹시 우리가 볼 때마다 노래해달라고 귀찮게 해서 안 오는 것 아니야? 우리가 너무했나⋯⋯."

케일라가 침대의 남은 좁은 공간으로 몸을 비집어 넣으며 말했다.

"그럴 리가 있어? 그 사람 착한 것 봤잖아. 막 무리하게 노래해달라고 해도 헤헤하면서 해주던 천사 같은 사람인데, 그랬을 리가 없지. 혹시 어디 아픈 건 아닐까? 병원이라도 돌아볼까?"

제니퍼가 눈을 게슴츠레 뜨며 말했다.

"야, 너 그러다 진짜 스토커로 신고당한다. 병원을 왜 뒤져, 뒤지긴."

케일라가 상체를 벌떡 일으켜 세우며 말했다.

"아, 그럼 어떡하라고! 이러다가 상사병 걸리겠다고! 몰라, 몰라, 몰라! 당장 나오라그래!"

침대에서 뒹굴거리며 발을 동동 구르는 케일라를 어이없다는 눈으로 쳐다보던 제니퍼가 클로렌에게 말했다.

"영상 안 올라왔지?"

클로렌이 테블릿 컴퓨터의 영상 리스트를 밀어 올리며 고개를 저었다.

"응 없어. 지금 올라와 있는 게 총 59개인데, 한 달 전에 올라온 게 마지막이야."

클로렌이 유튜브의 홈 버튼을 누르자 화면이 전환되며 추천 동영상이 맨 위에 나왔다. 클로렌이 영상의 스틸 컷을 보며 말했다.

"마들렌 맨슨 컴백했네? 뮤직비디오 올라왔다."

케일라가 몸을 부르르 떨며 경기를 일으켰다.

"나 걔네 싫어! 보는 것만으로도 소름 끼쳐. 악마도 멋지고 잘생긴 악마 많은데, 맨슨은 진짜 소름 끼치게 사악해 보이는 악마잖아, 못생겼고!"

제니퍼도 동의한다는 듯 침대에서 일어나 머리를 묶으며 말했다.

"나도 맨슨은 관심 없어. 케일라 우리 오트밀이라도 해 먹자, 배고파."

제니퍼와 케일라가 침실을 벗어나자 혼자 침대에 엎드려 있던 클로렌이 마들렌 맨슨의 신곡 뮤직비디오를 재생시켰다. 별 기대 없다는 눈빛으로 영상을 보고 있던 클로렌의 눈이 커졌다.

"야! 제니퍼, 케일라! 대박 사건, 대박 사건!"

클로렌이 소리를 지르자 부엌에 있던 제니퍼가 크게 소리 쳤다.

"왜, 뭔데? 프라이팬 올려놨어, 나와서 말해."

클로렌이 침대에서 벌떡 일어나 부엌으로 달려가서 정지 상태인 동영상을 내밀며 소리쳤다.

"뱀파이어 프린스, 뱀파이어 프린스! 여기, 여기!"

"뭐, 뭐?"

제니퍼가 불을 끄는 시간도 아깝다는 듯 달궈진 프라이팬을 든 채 달려왔다.

케일라는 화장실에 있었는지 급하게 물을 내리는 소리와 함께 문을 벌컥 열고 달려 나왔다.

"어디, 어디! 새로 영상 올라왔어? 단테 공원이야?"

클로렌이 마치 미친 사람처럼 고개를 마구 가로저으며 흥분한 목소리로 말했다.

"아니, 아니! 마들렌 맨슨 신곡 뮤직비디오야 이거!"

제니퍼가 눈을 크게 뜨고 물었다.

"뭐, 마들렌 맨슨? 거기 뱀파이어 프린스가 나온다고? 연예인 된 거야, 그럼?"

화면에는 언덕 위에서 녹색 낡은 옷을 입은 눈부신 소년이 손을 뻗어 하얀색의 새를 손에 올리고 환하게 웃고 있는 화면이 떠 있었다.

케일라가 손뼉을 마주치며 말했다.

"그럴 줄 알았어! 그렇게 생긴 사람을 가만 놔뒀을 리가 없지. 야, 빨리 재생해 봐!"

클로렌이 제니퍼와 케일라가 자신에게 바싹 붙자 재생 버튼을 눌렀다.

너무도 아름다운 소년이 작지만 평화로운 시골 마을에 살고 있었다. 소년은 마을 사람들과 웃으며 인사했고, 집으로 돌아가면 포근한 엄마와 자상한 아버지가 있었다.

너무 행복한 나날을 보내며 눈부시게 아름다운 미소를 머금고 있는 소년이 평범한 하루를 보내고 있었다.

밤이 되었다. 잠자리에 든 소년의 방문이 벌컥 열리고, 무척이나 당황한 표정으로 식은땀을 흘리고 있는 엄마가 소년을 깨웠다.

잠이 덜 깬 표정의 소년이 엄마를 보자 엄마가 눈을 크게 뜨고 검지를 입가에 가져다 대었다. 너무 당황하는 엄마의 표정이 심상치 않음을 느낀 소년이 고개를 돌려 창밖을 보았다.

그와 동시에 베이스가 내는 묵직한 저음 아르페지오가 흘러나왔다. 당황스러움과 공포에 물든 소년의 눈이 클로즈업되며 마들렌 맨슨 특유의 보컬 소리가 울렸다.

너무 아름다운 한 소년이 있었지.

창밖에 말을 탄 도적 떼들이 창과 칼로 도망가는 마을 사람들을 쫓아가 죽이고 있었다.

공포에 젖은 눈으로 살려달라 울부짖는 사람들의 가슴을 차가운 창과 칼이 꿰뚫자, 삶의 여한이 표정에 그대로 드러난 사람들이 하나둘씩 쓰러졌다.

소년의 아버지가 급하게 문을 열고 소년에게 무언가 말을 한다. 소년은 눈물을 머금고 세차게 고개를 저었지만, 아버지가 소리를 지르며 헛간에 소년을 가두고, 어머니의 손을 잡고 밖으로 나가는 것을 바라만 볼 수밖에 없었다.

그에게 어둠보다 더 어두운 저주가 내린 날.

소년은 헛간에 난 조그만 틈으로 눈을 내밀었다. 아버지가 말에 치여 바닥을 구르고 사악한 웃음을 머금은 더러운 얼굴의 도적이 그의 등을 창으로 찔렀다.

비명을 지르며 뒷걸음질 치는 어머니가 밧줄에 돌을 메어 빙빙 돌리던 도적의 돌팔매에 머리를 맞고 피투성이가 되어 쓰러진다. 쓰러지는 어머니의 눈이 소년이 숨은 헛간을 향하고 있다.

소년의 눈에서 한없이 눈물이 흘러내렸다. 어둠이 내리고 사방이 조용해질 무렵 헛간 문을 열고 나와 어미의 시체 앞에서 오열하는 소년 앞에 눈부신 황금 날개를 가진 천사가 내려왔다.

얼굴은 보이지 않았지만, 온몸에서 광채가 나는 천사였다. 천사가 소년에게 손을 내밀자, 물끄러미 손을 바라보던 눈물범벅의 소년이 그 손을 잡고 날아올랐다.

루시퍼가 소년에게 손을 내밀었지.
소년은 루시퍼를 따라 천국으로 향했어.
천사가 된 소년은 모두의 행복을 바랐지.

소년의 옷이 낡은 녹색에서 눈부시게 하얀 옷으로 바뀌어가고 등이 갈라지며 황금색 날개가 돋아 나왔다. 눈물 섞인 표정에서 카메라가 돌며 눈부신 미소를 띤 표정으로 변한 소년이 다시금 천사들이 나팔을 불고 한없이 평화로운 천국을 거닐었다.

갑자기 영상의 재생이 멈췄다. 갑작스럽게 멈춘 영상에서 눈을 떼고 정신을 차린 클로렌이 테블릿 컴퓨터를 부여잡고 있는 제니퍼를 바라보았다.

"허억, 허억! 나 심장마비 걸릴 것 같아, 잠깐만 쉬었다 보자. 허억, 허억!"

케일라가 동의한다는 듯 자신의 왼쪽 가슴을 부여잡고 말했다.

"와, 진짜 웃을 때마다 지린다, 지려. 가슴이 덜컥 내려앉는 것 같아 진짜."

클로렌이 손을 휘두르며 소리쳤다.

"아, 빨리 와! 다음 내용 궁금해 죽겠단 말이야, 이제 재생한다?"

클로렌이 재생 버튼을 누르자 갑자기 화면이 페이드 아웃되며 검은 화면이 나왔다. 약 1초 후 화면이 밝아졌지만, 갑자기 현대의 깨끗하고 럭셔리해 보이는 빈 사무실이 나왔다. 클로렌이 고개를 갸웃하고 있는데 화면이 벽에 걸린 하얗고 동그란 시계를 클로즈업했다. 11시 59분 58초에서 초침이 두 번 움직이고, 정확히 12시가 되자, 사무실 문이 열렸다.

깔끔한 정장을 입은 네 명의 남자가 절도 있는 걸음으로 사무실에 들어왔다. 케일라가 화면을 보고 놀라 외쳤다.

"뭐야, 이게 마들렌 맨슨이라고? 얘네 왜 분장 안 해?"

"그러게, 맨날 밀가루 반죽 같은 분장하고 나오더니?"

"이러니까 그냥 보통 사람이네? 신선하긴 하다."

화면 속에 맨슨이 뿔테 안경을 쓰고 손목시계를 보았다. 모두 절도 있게 똑바로 선 자세로 자신의 악기를 소지하고 정지 상태로 있던 멤버들이 음악이 다시 재생됨과 동시에 큰 무대

액션을 취하며 자신을 폭발시켰다.

어느 날, 타락한 루시퍼가 말했어 나와 함께 가자.
나와 함께 가자, 그들을 타락시키러!
그들을 그의 빛이 닿지 않는 곳으로 인도해!
이제는 그를 잊어야 할 시간!

화면이 전환되고 다시 아름다운 천사인 소년이 광채로 가
득한 천사를 따라 날아오르는 모습이 보였다.

천사가 저 멀리 손짓하자, 수많은 천사가 활과 칼을 들고 있
는 것이 보였다. 광채의 천사가 앞으로 나서며 고개를 돌려 소
년에게 손을 내밀었다.

환하게 웃던 소년이 순진한 표정으로 그의 손을 잡았다.

다시 화면이 전환되고, 천사들끼리의 박진감 넘치는 전투 신
이 화면 가득 스펙타클한 장면을 연출하고 있었다. 하늘에는
날개를 단 천사들이 서로 빠르게 날며 싸우고 있었고, 땅에서
는 날개를 접은 수많은 천사들이 서로를 죽이고 있었다.

소년이 창을 들어 광채의 천사에게 다가오려는 천사 한 명
의 배를 갈랐다.

창을 배에 박아 넣고 몸을 숙인 채 고개를 들어 소년을 바
라보는 천사의 표정이 무척이나 애처로웠다.

죽어가는 천사의 눈에서 눈물 한 방울이 떨어져 배에 꽂혀 있는 창대에 떨어지자, 황금색의 창이 창끝부터 검게 변해 점점 창 자루를 타고 올라왔다.

창을 완전히 물들인 검은 어둠은 창 자루를 쥐고 있던 소년에게 닿아 소년이 입고 있는 옷을 검게 물들였다. 화면이 소년의 발부터 검게 변하고 있는 모습을 보여주더니, 소년의 얼굴을 클로즈업했다. 소년의 얼굴은 더 이상 천사가 아니었다. 얼굴을 일그러뜨린 소년의 눈가와 입술이 붉어졌다.

인상을 쓴 채 소리를 지르는 소년의 모습이 가까이에서 점점 멀어지자, 포효하고 있는 소년의 뒤에서 수많은 악마가 튀어나왔다.

소년의 그림자에서 튀어나온 악마들이 앞에 있던 천사의 무리를 갈랐다. 서로 죽고 죽이는 전투가 계속되었다. 온몸에 황금색의 피로 목욕한 소년이 피로 물든 자신의 손을 보며 인상을 썼다.

소년은 영혼이 추방된 채 죽음의 경계를 넘어 죄악으로 가득한 땅 위를 헤매었어.

끝없이 반복되는 전투와 멈출 수 없이 지루하게 이어지는 불사의 권리는 소년을 한없이 피폐하게 만들었어.

소년은 루시퍼에게 말했지, 이게 옳은 건가요?

다시 맨슨 밴드의 사무실 장면으로 화면이 전환 되며 마들렌 맨슨이 클로즈업되었다. 그의 멀쩡했던 얼굴이 코끝부터 하얗게 변해 갔다.

하얀색은 점점 얼굴 전체로 번지더니 예의 마들렌 맨슨 특유의 악마적인 분장을 한 맨슨의 모습으로 변하며 밴드 전체를 비추었다. 밴드 역시 원래의 분장으로 돌아와 있었다.

맨슨이 마이크 스탠드를 들고 기괴한 표정을 지으며 노래했다.

나와 함께 가자, 그들을 타락시키러.
그들을 그의 빛이 닿지 않는 곳으로 인도해.
이제는 그를 잊어야 할 시간.

맨슨의 보컬 파트가 끝나고 끊임없이 소리를 토해내던 일렉 기타 음이 사라지며 베이스와 드럼만이 연주를 계속했다.

그리고, 화면 가득 눈부시게 하얀빛을 토해내는 아름다운 기타 한 대가 기타의 헤드 부분부터 천천히 드러났다.

화면이 서서히 왼쪽에서 오른쪽으로 이동하며, 하얀 기타의 헤드부터 넥을 거쳐 눈부시게 아름다운 바디를 비추었다.

세상에서 가장 아름다운 기타라는 별명답게 눈부시게 아

름다운 화이트 팔콘의 윗부분에서 새하얗고 길다란 손가락이 내려와 넥을 잡았다.

화면이 기타의 클로즈업 화면에서 순식간에 멀어지며 아무것도 없는 심연의 어둠 속에서 기타를 잡고 솔로 연주를 하는 소년의 모습을 비추어졌다.

소년은 검은 정장을 입고 눈을 감은 채 기타를 연주하고 있었는데, 큰 키와 슬림한 몸매 때문인지 타이트한 정장이 무척이나 멋졌다.

소년의 연주는 짧았지만 슬픔과 혼돈이 뒤섞인 충격을 선사했다. 다시 마들렌 맨슨 밴드의 모습이 비치고, 맨슨의 얼굴이 클로즈업되며 노래가 흘러나왔다.

어차피 넌 돌아갈 수 없어, 이제는 늦었으니까.
악으로 물든 네 영혼은 더 이상 그에게 필요로 하지 않아.
넌 내 곁에서 영원히 에덴의 영광에 상처 내야 해.
네가 사랑했던 모든 것은 이미 지워졌으니까.

두 다리를 바닥에 붙이고 있지만, 이리저리 과격하게 몸을 흔들며 연주하는 마들렌 맨슨 밴드의 모습이 앞선 멀쩡한 모습과 대비되어 신선하게 다가왔다.

곡은 점점 클라이맥스로 흐르고 절규하는 듯한 보컬을 내

뱉는 마들렌 맨슨이 기괴한 분장의 모습 그대로 사악하게 웃었다.

나와 함께 가자, 넌 이미 버림받았으니.
그의 빛은 너에게 닿지 않으니.
나와 함께 가자, 네 영혼은 이미 악에 물들었으니.

심연의 어둠 속에 홀로 서 있던 검은 정장의 소년의 몸 전체를 빙글빙글 돌며 비추던 카메라가 슬픈 표정을 짓고 있는 소년의 얼굴을 정면에서 클로즈업하였다.

슬프게 카메라를 응시하던 소년의 코에서부터 하얀빛이 얼굴 전체에 점점 퍼지고, 마들렌 맨슨 특유의 분장을 한 소년의 모습으로 바뀌었다.

곡이 완전히 끝나고 고요한 화면 안에 카메라를 응시하고 있는 기괴한 악마의 모습을 한 소년의 눈망울이 슬프게 흔들렸다.

화면이 검게 변하며 하얀색 글이 올라왔다.

감독. 팀 커튼.
스페셜 출연, 리드 기타. 케이.

화면 재생이 종료되고 다음 추천 동영상이 표기된 테블릿 컴퓨터를 멍하게 바라보던 셋은 제니퍼가 손에 든 프라이팬을 바닥에 떨어뜨리며 화들짝 놀랄 때까지 정신을 차리지 못했다.

"대박대박!"

"뭐야, 이거 완전 역대급 뮤직비디오잖아!"

"진짜 멋지다! 마들렌 맨슨 다시 봤어. 음악도 완전 좋은데?"

"어 진짜! 얘네 노래 듣고 구역질 안 난건 처음인 것 같아!"

"가만있어 봐! 얘들아 스페셜 출연에 케이라고 써 있는데, 설마 뱀파이어 프린스가 케이야?"

"그런가 봐. '가위 손' 우리 같이 보고 나서 엄청 울었잖아. 팀 커튼의 페르소나가 뱀파이어 프린스였어!"

"대박, 어떡해! 어떡하냐고오!"

"다른 애들도 알까? 이거 기사 떴나 검색해 봐!"

클로렌이 재빨리 테블릿 컴퓨터를 조작하여 뉴스 채널을 검색하자, 이미 수십 개의 뉴스가 등록되어 있었다.

[마들렌 맨슨의 신곡 뮤직비디오 1시간 만에 백만 뷰 기록!]

[노이즈 마케팅의 승리, 케이와 함께한 마들렌 맨슨!]

[케이! 드디어 모습을 드러내다.]

[충격의 연속! 아름다운 소년의 충격적 등장!]

[전 세계는 지금 충격의 도가니! 마들렌 맨슨을 주목하라!]

[미국 전역에 퍼지는 케이 바이러스. 아메리카를 전염시키다!]

제니퍼가 화면 가득 올라오고 있는 뉴스를 보며 외쳤다.

"대박, 대박! 야 이거 우리 제보하자!"

"그래, 그래 뱀파이어 프린스가 케이였다니! 우리가 이런 사람 노래를 가까이서 들었던 거 아냐! 빨리 자랑해야지!"

"빨리 기사에 댓글 남겨! 유튜브에 '뱀파이어 프린스'를 검색하면 나오는 영상이 케이를 마주친 여자들의 리액션 비디오라고!"

"벌써 댓글 몇 개에 언급되고 있어. 벌써 한발 늦었어!"

"아, 그래도 남겨! 여러 명이 남겨야 기자들이 들여다보고 기사 써 주지."

미 전역에서 벌어지고 있는 엄청난 화제는 지구 반대편에서도 함께 일어나고 있었다.

중국 CCTV.

"김 건이다, 김 건이야! 이거 김 건 맞지?"

컴퓨터 화면에 화제의 동영상으로 맨 위에 나온 영상을 재생하던 기자가 벌떡 일어나며 옆의 기자에게 외쳤다. 옆에 있던 기자가 화면을 슬쩍 보더니 다시 자신의 화면을 보며 키보드를 두들겼다.

"아, 선배님, 지금 몇 시간 전부터 난리 났는데, 이제 보셨어요?"

일어난 기자가 놀란 눈으로 물었다.

"뭐야? 벌써 다 알아?"

앉아서 작업하던 기자가 작게 한숨을 쉰 후 자신의 모니터를 돌려 화면을 보여주었다. 화면을 보는 선배 기자의 눈이 커졌다.

[김 건! 아메리카를 정복하다.]

[우주 미소년 김 건. 서양인들에게 충격을 주다!]

[사라진 김 건, 마들렌 맨슨 밴드에 합류?]

[세계적인 밴드 마들렌 맨슨의 뮤직비디오에 나타난 김 건. 중원 대륙이 들썩.]

한국 인터넷 뉴스 포털도 크게 다르지 않았다.

[화제를 안고 줄리어드로 떠난 김 건. 케이로 돌아오다.]

[정체불명의 케이는 김 건?]

[팀 커튼의 페르소나 케이의 정체, 김 건으로 밝혀져 충격!]

[한국이 낳은 음악 천재의 등장, 케이를 주목하라!]

인도네시아 길리 트리왕안 섬.

영석은 인도네시아에서 새로운 프로그램을 촬영하던 도중 한국에서 걸려온 전화를 받았다.

"여보세요? 예, 국장님."

-어! 영석 PD, 날세! 자네 거기 인터넷 되나?

"예, 좀 느리긴 하지만 되긴 됩니다. 왜 그러세요?"

-기, 기, 김 건, 김 건이 사고 쳤어!

"예? 건이가 왜요?"

-마들렌 맨슨 뮤직비디오에 출연했어. 연주까지 하고!

"예에?"

-그냥 출연한 정도가 아니야, 지금 미국 뉴스 채널에서 김 건 이야기 밖에 안 나온다고!

"그, 그런……."

-다른 방송사에서도 자네한테 전화 갈 거야. 전화기 꺼놓게. 연락할 일 있으면 조연출에게 전화할 테니.

영석이 국장과 통화 도중 끊임없이 울리는 진동에 전화기에서 잠시 귀를 떼고 액정을 보았다.

부재중 전화 1통 : KBC 최 PD님.

부재중 전화 1통 : KBC 이 국장님.

부재중 전화 1통 : UBC 홍 대표님.

부재중 전화 1통 : JBS 김 PD님.

영석이 잠시 인상을 쓴 후 다시 전화기에 귀를 대었다.

-다른 방송사에서 섭외하면 말짱 꽝이야! 우리가 먼저 해야 돼, 김 건 소재 파악해서 당장 취재팀 꾸려!

"예? 국장님, 저 지금 촬영 중인데요?"

-그딴 건 조연출한테 맡기고 당장 미국으로 가! 영석 PD 방송도 꽤 인기 있지만, 시청률 4%짜리 아냐? 지금 김 건 취재 따면 시청률 20% 기본 먹고 들어간다고. 빨리 움직여, 지금 당장!

"아, 에, 예. 알겠습니다, 일단."

전화를 끊은 영석이 끊임없이 울려대는 전화기를 보며 인상을 쓰며 조연출을 찾았다.

"AD야! 어디 있어?"

AD를 찾아 상황 설명을 한 후 택시를 탄 영석이 공항으로 향하며 전화기를 들어 건에게 전화를 걸었다.

-여보세요, 영석이 형?

"어, 그래 건아. 잘 지냈어?"

-와아, 오랜만이에요, 형. 자주 전화 못 드려서 늘 죄송했는데.

"그랬어? 죄송하면 형 부탁 하나 들어줘라."

-예? 무슨 부탁이요?

"너 지금 어디냐?"

-아, 저 지금 시애틀이요.

"시애틀? 거기서 뭐 하는데?"

-저, 팀 커튼 감독님 초대로 그 집에 있다가, 어제 시애틀로 넘어왔어요. 여행하려고요.

"그래? 그럼 지금은 혼자 다녀?"

-예, 지금 막 호텔에 왔어요.

"나 지금 인도네시아에서 비행기 타고 바로 넘어간다. 너 밖에 나가지 마."

-예, 지금요? 밖은 왜요?

"너 지금 함부로 밖에 나가면 사람들한테 깔려 죽을지도 몰라."

-예? 그게 무슨 말씀이세요?

"하아, 이놈 참, 예나 지금이나 한결같네. 너 마들렌 맨슨이랑 뮤직비디오 찍었지?"

-어? 그거 벌써 공개됐나요? 찍긴 찍었는데.

"그거 공개된 지 지금 여섯 시간째인데 벌써 1억 뷰가 넘었어, 인마."

-예? 1억이요? 여섯 시간 만에요?

"그래, 너 지금 완전 유명세 탄 상태니까, 함부로 나가 돌아다니지 마라. 형이 갈 때까지."

-아…… 예, 예 형. 근데 지금 저 때문에 미국까지 오시는 거예요?

"아니, 아까 부탁 하나 들어 달라고 했잖아."

-아, 맞다. 부탁이 뭐에요?

"우리 방송사에서 너 인터뷰 따오라고 지금 난리다. 한국에서 취재팀 출발하고, 내가 따로 공항으로 가는 거니까, 취재팀이랑 합류해서 찾아갈게. 어느 호텔에 있어?"

-아! 저 메이플라워 파크 호텔이에요.

"뭐? 거기 비싼 곳 아니야, 돈 많이 벌었냐?"

-하하, 아니요. 미스터 맨슨이 예약해 줬어요.

"그래? 알았다. 아무튼, 형 도착해서 전화할 테니까, 어디 가지 말고 호텔 방 안에만 있어. 배고프면 룸 서비스시켜 먹고, 알았지?"

-네, 형 일단 알겠어요.

전화를 끊고 스마트폰으로 기사를 확인한 건의 표정이 굳어졌다.

'큰일 났다. 마들렌 맨슨이랑 뮤직비디오 찍은 거 엄마가 알면 난리 날 텐데!'

걱정스러운 표정으로 기사를 보던 건이 동생 시화에게 전화를 걸었다.

-여보세요, 오빠야?

"응 시화야, 뭐해?"

-뭐하긴 오빠 영상 보고 있지, 전화하려다가 바쁠 것 같아

서 오빠 전화 올 때까지 기다렸는데, 생각보다 빨리했네? 여기 난리 났어.

"어, 그렇다더라. 난 그거 공개되었는지 모르고 있었거든."

-어 그래? 지금 내 전화도 불이 나서, 웬만한 전화는 안 받고 있었어. 주희 언니하고만 통화했고.

"너 전화는 왜?"

-왜긴 오빠 어디 있냐고 묻는 거지, 전화번호를 어떻게 알았는지, 기자들까지 전화와.

"아, 혹시…… 엄마도 아셔?"

-아니, 아직 모르셔. 엄마 인터넷 할 줄 모르잖아. 근데 뉴스는 보시니까, 이따 뉴스 보실 때 아시겠지.

"아, 저기 시화야. 부탁 하나만 하자……."

-뭐? 엄마 뉴스 못 보게 하라고? 용돈 보내 줄 거야?

"하하, 알았어, 두둑하게 보내 줄게."

-알았어, 이따 뉴스 할 시간에 엄마 졸라서 노래방 가자고 할게.

"그래, 고마워. 사랑한다, 내 동생."

-이럴 때만 사랑하지? 전화 좀 자주 해라, 응?

"하하, 알았어. 또 전화할게."

전화를 끊은 건이 침대에 누워 한숨을 쉰 후 TV를 켰다. 머리를 식히려고 켠 TV에는 뮤직비디오에 출연한 건의 모습이 화면을 가득 채우고 있었다. 건이 다시 한번 한숨을 쉬며 고개를 저었다.

"이거, 큰일이네, 여행은 끝난 건가……."

♪♪♪

워싱턴 주 시애틀 터코마 국제공항에 내려 급하게 구성한 촬영팀과 합류한 영석이 건이 숙박하고 있는 메이플 플라워 파크로 찾아왔다.

맨슨이 예약해 줬다던 방은 스위트 룸(Suite Room)으로, 맨슨이 건에게 얼마나 고마워했는지를 단적으로 보여주었다. 오랜만에 본 영석과 얼싸안으며 회포를 푼 건이 호텔 소파에 앉아 부산하게 카메라와 조명을 설치하는 스텝들을 보며 영석에게 말했다.

"형, 오시기 전에 기사를 보긴 했는데, 이 정도로 화제가 될 거라고는 생각을 못 했어요."

영석이 스마트폰으로 건의 기사를 검색하며 휘파람을 불었다.

휘익!

"대단한데? 영상 올라간 지 만 하루가 지났는데, 시간 단위로 새 기사가 올라와. 이건 뭐야, 뱀파이어 프린스?"

건이 고개를 갸우뚱하며 물었다.

"예, 그게 뭔데요?"

영석이 스마트폰 화면을 보여주며 말했다.

"이거 너라는데, 맞아?"

건의 눈에 영석의 스마트폰에서 재생되고 있는 영상이 들어왔다. 소녀들이 한 곳을 바라보고 있다 놀라는 영상을 본 건이 의아한 눈으로 영석을 보며 말했다.

"저 안 나오는데요? 근데 이거 뒤에 배경이 단테 공원 같은데……."

영석이 스마트폰을 다시 받아 들고 다른 영상을 재생했다. 그 영상 역시 소녀의 얼굴만 나오는 영상이었지만, 누군가 노래하는 소리가 들리는 영상이었다. 건이 옆에서 노래를 듣더니 말했다.

"어? 이거 제 목소리는 맞는데요, 단테 공원에서 불렀던 노래요."

영석이 어리둥절한 표정의 건을 보다 피식 웃으며 스마트폰을 주머니에 넣었다.

"하여튼 뾰족한 송곳은 주머니에 숨겨도 티가 난다더니, 넌 평범하게 살긴 글렀다."

건이 영석의 주머니를 가리키며 말했다.

"그럼 그거 저예요? 사람들이 왜 절 보고 놀라요? 저…… 이상하게 생겼나요?"

영석이 어이없다는 듯, 웃음을 지으며 건에게 다가와 어깨를 툭툭 쳤다.

"아이고, 이 눈치 없는 놈아. 네가 잘생겨서 너 보고 놀라는 걸 리액션 비디오로 찍은 거 아니냐."

건이 놀란 눈으로 자신의 얼굴을 가리키며 말했다.

"절요? 아, 뭐 잘 생겼다는 소리는 늘 듣기는 하는데……."

영석이 크게 웃음을 터뜨리며 말했다.

"하하하! 그래도 미국에서 공부하더니 예전처럼 뒤통수나 긁고 얼굴 빨개지고 하지는 않네, 하하하!"

영석이 AD가 준비 완료되었다는 신호를 보내오자 자리에서 일어나며 말했다.

"준비 다 됐나 보다. 건아, 저쪽 소파에 앉아서 편하게 있어. MC는 없고 질문은 내가 할 거야. 내가 질문하는 부분은 나중에 자막 처리할 거니까, 오디오 안 물리게 내가 질문 끝나면 속으로 1초 있다가 답하면 된다. 곤란한 질문이 있으면 끊어도 돼. 이거 녹화니까."

건이 고개를 끄덕이며 영석이 가리키는 소파에 다리를 꼬고 앉았다. 영석이 메인 카메라를 체크한 후 카메라 옆 간이 의자에 앉아 주위를 둘러보며 소리쳤다.

"자, 갑니다! 카메라 OK? 조명 좋아요, 음향 OK? 네, 그럼

갑니다!"

AD가 재빨리 뛰어와 슬레이트를 치고 화면 밖으로 뛰어나 갔다. 영석이 한숨을 크게 한번 쉬고 질문지를 보며 질문을 시작했다.

"안녕하세요, 건 씨. 먼저 시청자 여러분께 인사 한 말씀 부탁드립니다."

건이 카메라를 보며 웃으며 손을 흔들었다.

"안녕하세요? 김 건입니다. 오랜만에 뵙습니다, 여러분."

영석이 웃음을 지으며 생각했다.

'예전에는 카메라 앞에서 고개 숙여 인사부터 했던 아이가, 미국물 좀 먹었나 보네, 후후. 훨씬 보기 좋다, 이 녀석아. 여유도 있어 보이고.'

영석의 질문이 이어졌다.

"지금 계신 곳은 어디이고, 왜 여기 계신가요?"

건이 속으로 잠시 수를 헤아린 후 답했다.

"네, 여기는 미국 시애틀이고, 방학이라 여행을 하려고 왔어요."

바로 영석과 건의 질의응답이 이어졌다.

"그렇군요, 여행은 좀 하셨나요?"

"하하, 아니요. 생각지도 않은 주목을 받는 바람에 시애틀 도착 후에 호텔 밖으로 한 걸음도 못 나갔어요."

"마들렌 맨슨의 뮤직비디오가 공개된 것을 모르고 계셨나요?"

"네, 사실 방학이 얼마 안 남아서, 촬영한 다음 날 바로 시애틀로 넘어왔거든요."

"그러셨군요, 기사를 보면 'Girls meet Vampire Prince'라는 영상의 주인공이 김 건 씨라는 기사가 있던데, 그것도 사실인가요?"

"네, 사실은 저도 조금 전에 확인했어요. 제가 맞는 것 같습니다."

"약 60여 개의 영상이 있는데요, 이 중에는 노래하시는 사운드가 있는 것도 있습니다. 이곳은 어디인가요?"

"제가 다니고 있는 학교인 줄리어드 스쿨 맞은 편에 있는 작은 공원입니다."

"평소에 이곳에 자주 가시나요?"

"네, 자주 가는 편이에요. 학교와 제가 자주 가는 빵집 사이에 있는 공원이라서 평소에 빵을 사서 잔디밭에 앉아 샌드위치를 먹거나, 과제를 하다가 머리가 아프면 찾는 곳이기도 하거든요."

"그렇군요, 이제 앞으로 많은 팬이 건 씨를 보기 위해 방문하는 공원이 되겠네요."

"하하, 그런가요? 그럼 이제 못 가겠네요, 하하."

"그렇게 되겠군요, 하하. 다음으로 라틴 록 밴드 몬타나와 롤라팔루자 무대에 서셨다고 하는데 사실인가요?"

"네, 맞습니다. 학교 담당 교수님인 샤론 이즈민 교수님의 소개로 인연이 되어 무대까지 가지게 되었습니다."

"그 공연을 직접 본 팬들의 증언에 의하면, 전설로 남을 라이브를 하셨다는데, 앞으로도 몬타나와 함께하실 생각이 있으신가요?"

"인연은 계속 이어나갈 생각이지만, 당장 몬타나에 합류할 생각은 없어요."

"그건 왜인가요? 몬타나는 세계적인 밴드이고, 합류하면 유명세를 얻는 것은 시간문제일 텐데요."

쉽게 대답하기 힘든 질문에 건이 소파의 팔걸이를 손가락으로 두드리며 고민한 후 답했다.

"제가 처음 유명세를 얻기 시작할 때 누군가가 제게 공부를 다 마치라고 조언해 줬거든요."

건을 바라보던 영석이 잠시 놀라는 표정을 짓더니 이를 드러내고 웃었다.

"그렇군요. 누군지는 몰라도 좋은 조언이었네요. 그럼 팀 커튼 감독의 영화에 참여하게 된 것은 어떤 인연이었나요?"

"네, 작곡과의 존 코릴리아노 교수님을 따라 견학을 갔다가, 갑자기 참여하게 되었어요."

"원래 참여하기로 이야기된 것이 아니었나요?"

"네, 팀 커튼 감독님께서 재미있는 제안을 하셨거든요, 서로 경쟁해서 곡을 만들고 만들어진 곡 중 골라서 쓰시기로 하셨어요."

"경쟁이요? 존 코릴리아노와 한스 릭머와 건 씨를요?"

건이 어깨를 으쓱하며 말했다.

"그냥 경험 삼아 해보라고 하신 것 같은데, 곡을 사용하셨더군요."

"음…… 어쨌든 건 씨가 그 경쟁에서 한 곡을 따냈고, 가장 화제가 된 곡이 되었네요. 팀 커튼 감독이 엔딩 크레딧에 '나의 페르소나 케이'라는 자막은 어떤 의미였나요?"

"그건 저도 잘 모르겠어요."

"팀 커튼 감독의 페르소나가 되면 이후 작품에서 다시 찾는 것으로 유명한데요, 그로 인해 마들렌 맨슨의 뮤직비디오까지 출연하신 건가요?"

"아니에요, 팀 커튼 감독님을 뵈러 갔다가 가위 손에 출연하신 조니 립 씨를 만났는데, 그분 소개로 미스터 맨슨을 만났어요. 출연은 거기서 결정이 되었고요."

"하지만, 마들렌 맨슨의 뮤직비디오 감독은 팀 커튼 아니었나요?"

"네, 맞아요. 그건 제가 출연 결정을 한 뒤에 들어오신 거였어요."

"오히려 팀 커튼이 건 씨를 따라다닌 게 되겠군요."

"하하, 그렇게 되나요?"

"방송이 나가면 이 소식도 큰 화제가 되겠군요. 그럼 앞으로는 어떤 행보를 보여주실 건가요?"

건이 잠시 고민하다 말했다.

"일단은 학교로 돌아가야죠. 공부를 끝마친 후에 고민해 보려고요."

"그렇군요, 그럼 바로 돌아가시나요?"

"아니요, 짧지만 아직 방학이 남았어요. 그동안 공부만 했거든요, 짧게라도 쉬다 가려고요."

"네, 알겠습니다. 오늘 갑작스러운 인터뷰해 주셔서 정말 감사했습니다.

"아닙니다, 제가 감사하죠."

"마지막으로 시청자 여러분께 끝인사 부탁합니다."

건이 자세를 바로잡은 후 다시 손을 흔들며 웃었다.

"더 열심히 공부해서 제대로 된 음악으로 찾아뵙겠습니다. 그때까지 안녕히 계세요, 여러분."

약 3초 정도 웃으며 손을 흔들고 있던 건이 슬쩍 영석을 보자, 영석이 손짓하며 외쳤다.

"컷! 좋습니다, AD야 이거 바로 본사로 보내. 건이 수고했다."

조용히 촬영을 지켜보던 스텝들이 바쁘게 움직이자, 영석이 건의 곁으로 와서 말했다.

"네 덕에 귀중한 인터뷰를 땄네. 밥이라도 사야겠다. 밥 먹었어?"

건이 웃으며 고개를 저었다.

"아니요, 아직 안 먹었어요. 사주세요."

영석이 웃으며 건의 가슴을 툭 쳤다.

"녀석! 넉살 좋아졌네. 그래 가자. 멀리 가는 건 위험하니까, 호텔 식당으로 가자고."

AD에게 이것저것 지시를 내린 영석이 건을 데리고 호텔 1층 로비로 갔다. 영석은 미리 카메라 감독에게 모자를 빼앗아 건에게 씌워주며 말했다.

"웬만하면 모자 눌러쓰고 다녀. 지금 너 그냥 다니면 위험하니까."

건이 모자를 고쳐 쓰며 웃자, 피식 웃어준 영석이 1층에 있는 레스토랑으로 들어갔다. 직원에게 양해를 구하고 가장 안쪽 자리로 간 영석이 건의 의자를 빼주며 말했다.

"이쪽에 앉아라, 벽을 보고 앉아야 사람들이 못 알아볼 테니까."

건이 자리에 앉아 습관적으로 모자를 벗으려 하다 멈칫 한 후 미소를 짓고는 다시 모자를 고쳐 썼다. 영석이 간단한 메뉴를 주문한 후 직원이 사라지는 것을 확인하고 말했다.

"진짜 여행하게? 너 방학 얼마나 남았는데?"

"한 3주 남았어요."

"아, 아직 꽤 남았구나. 그럼 얼굴 잘 가리고 다니고. 괜히 자유롭게 다니다가 깔려 죽는다, 너."

"하하. 예, 형."

영석이 건의 물잔에 물을 따라 주며 말했다.

"네 덕에 인도네시아에서 미국으로 와서 또 바로 인도네시아로 돌아가게 생겼다, 인마."

건이 영석이 건네준 물잔을 받아 마시며 웃었다.

"음. 그럼 다른 PD님이랑도 친하게 지낼까요? 귀찮으시면요."

영석이 황당하다는 눈으로 말했다.

"뭐? 이 자식이, 안 돼! 나랑만 연락해."

건이 장난스럽게 웃으며 말했다.

"왜요, 귀찮으신 거 아니었어요?"

영석이 어이없다는 표정으로 웃었다.

"이 녀석 보게. 많이 변했네? 장난도 곧잘 칠 줄 알고. 보기 좋다, 이놈아."

영석이 건과 함께 웃다가 다시 물었다.

"시애틀에 여행 온 거라고 했지? 근데 여기 뭐 볼 게 있나?

관광지도 아니고."

건이 무슨 소리냐는 듯 말했다.

"에이, 형. 시애틀이에요, 시애틀! 얼터너티브와 그런지 록의 고향! '너바나', '엘리스 인 체인스', '펄 잼' 같은 엄청난 밴드들이 인디 시절에 공연했던 록 하우스가 얼마나 많은데요. 그런 밴드가 연주했던 곳에 가보고 싶어서 온 거예요."

영석이 입맛을 다시며 말했다.

"뭐, 너바나는 들어 봤다만, 엘리스 뭐? 그건 모르겠다. 록 음악 쪽은 문외한에 가까워서."

건이 엄지를 치켜들며 말했다.

"엄청 유명한 밴드에요. 제가 너무 어릴 때 활동하신 분들이긴 하지만요."

영석이 고개를 끄덕이다 말했다.

"그래, 그럼 록 하우스 위주로 돌게? 근데 3주나 볼 게 있나?"

건이 턱을 괴며 말했다.

"뭐, 며칠 보다가 학교로 돌아가야죠, 2학기 준비도 해야 하고요."

영석이 웃으며 말했다.

"그래, 훌륭한 조언을 해주신 그분의 말처럼 학교 공부는 잘 마쳐야지."

웃음꽃이 피는 식사를 가지는 두 사람이었다.

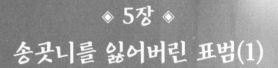

◈ 5장 ◈

송곳니를 잃어버린 표범(1)

영석이 인터뷰한 영상은 한국에서 큰 화제가 되었다. 영석은 인도네시아로 돌아가 원래 하던 촬영에 임했지만, 인터뷰 영상은 방송사의 대표가 직접 전화로 격려할 정도로 좋은 시청률을 뽑아내었다.

거기에, 건의 인터뷰 영상을 따내지 못한 미국을 비롯한 세계 각국의 방송사가 거금을 주고 영상을 구매해 갔기에 대표의 입이 귀에 걸렸다.

건은 영석이 떠난 다음 날 저녁에 모자를 푹 눌러쓰고 마스크를 한 채 하쿠를 어깨에 메고 호텔을 나섰다.

주위를 두리번거리며, 경계한 건이 아무도 자신을 신경 쓰지 않는 것을 확인한 후 시애틀의 저녁 거리를 걸었다.

건이 맨 처음 찾은 곳은 '지미 핸드릭스'의 모든 것이 전시되어 있다는 'EMP 박물관'이었다. 박물관의 외경은 지미 핸드릭스가 공연을 끝마치고 부순 기타들에서 영감을 얻어 건축한 것답게 기괴한 모습이었다.

한참 외경을 구경하던 건이 스마트폰을 꺼내 사진을 찍다가, 박물관 전시 시간이 얼마 남지 않은 것을 확인하고 황급히 전시장으로 들어왔다.

"와아!"

건의 눈앞에 엄청난 높이의 기타로 만든 산이 보였다. 세계적인 건축가 프랭크 게리가 지미 핸드릭스를 기리며 만든 500여 개의 기타로 만든 거대한 탑은 건에게 신선한 충격으로 다가왔다.

건이 여기저기 울려 퍼지는 익스피리언스의 음악을 들으며, 생전의 지미 핸드릭스의 사진들과 앨범들을 구경했다.

한참 이곳저곳을 구경하던 건이 지미 핸드릭스의 정면 모습이 크게 확대된 대형 사진 앞에 섰다.

'지미, 하늘나라에 잘 계신가요? 저 왔어요.'

건이 마음속으로 지미 핸드릭스에게 말을 걸었다. 사진 속의 지미 핸드릭스가 금방이라도 튀어나와 술잔을 부딪칠 것만 같았다.

건은 그리 오래 시간을 가지지 못했다. 너무 늦은 시간에 방문한 것이라, 전시회장의 운영 시간이 얼마 지나지 않아 종료되었기 때문이다.

직원의 안내를 받고 전시회장을 나선 건이 다음으로 발걸음을 옮긴 곳은 시애틀 록의 전설이 시작되었다는 '클럽 크로커다일'이었다.

너바나 등과 같은 수많은 전설적인 밴드들이 인디 시절 공연을 해 성지로 남아 있는 클럽을 찾아가는 건의 발걸음이 가벼워졌다.

조금씩 빠르게 걷고 있던 건의 눈에 맞은편에 걸어오는 남자가 들어왔다. 남자는 스킨 헤드였는데, 특이하게 구레나룻만 길게 기른 남자였다. 가죽점퍼를 입은 남자는 술에 취했는지 몸을 이리저리 휘청거리며 걷고 있었다.

건이 혹시 남자와 부딪힐까, 길 한쪽으로 비켜섰다. 사내는 건을 힐끗 보고는 다시 휘청거리며 걸었다. 건이 남자가 지나간 후 뒷모습을 보고 있는데, 갑자기 남자가 길바닥에 털썩 쓰러졌다.

놀란 건이 달려가 남자를 흔들며 외쳤다.

"저기요, 저기요! 괜찮으세요? 정신 차려봐요!"

남자는 인사불성이 될 만큼 취했는지 아무리 흔들어도 깨어날 생각을 하지 않았다. 한적한 골목이라 인적도 드물어 함

께 도와줄 사람이 없는 것을 확인한 건이 남자를 부축하며 일

으켜 세웠다.

주위를 둘러보니 조금 떨어진 곳에 벤치가 있었다. 건이 남

자를 끌 듯이 데려가 겨우 벤치에 앉았다.

"헉, 헉. 진짜 무겁네, 이 아저씨."

건이 숨을 헐떡이며 남자가 앉은 벤치 옆에 털썩 주저앉아

서 숨을 고른 후 다시 남자의 뺨을 두들기며 말했다.

"이봐요, 이봐요! 정신 좀 차려 보세요!"

정신을 잃은 남자가 건이 자신의 뺨을 치자 살짝 눈을 떴다

가 웅얼거리며 다시 눈을 감았다.

"어음…… 미안, 미안해. 내가 잘못했어, 대럴…… 음냐…….'

건이 남자의 정신이 잠시 돌아온 걸 보고 반색하며 다시 남

자를 흔들어 봤지만, 남자는 인사불성인 상태였다. 건이 곤란

한 표정으로 남자를 보다가 시계를 보았다.

'아, 공연 시작했겠네. 어쩌지? 그냥 두고 갈까? 어차피 모르

는 사람인데.'

건이 잠시 고민하고 있는데, 남자의 가죽점퍼 안쪽에서 핸

드폰의 진동음이 들렸다.

'그래, 아는 사람 전화라면 데리러 오라고 해줘야겠다. 그냥

가긴 좀 그러네.'

남자의 주머니를 뒤져 핸드폰을 꺼낸 건이 전화를 받았다.

"여보세요?"

"응, 누구세요? 필립 전화기 아닌가요. 이상하네, 번호는 맞는 것 같은데?"

건이 자리에서 일어나 정신을 잃은 남자를 보며 말했다.

"아, 그게. 전화기 주인이 지금 술에 취하셔서 길거리에 쓰러져 계세요. 도와 드리는 중에 전화가 와서 제가 대신 받았습니다. 죄송하지만 혹시 가까이 계시면 이분을 데리러 와 주시겠어요?"

"아, 그래요? 필립 이 친구가 또 사고를 쳤군요. 미안합니다. 거기가 어딥니까?"

"여기가…… 블랜차드 스트릿인데, 혹시 클럽 크로커다일 아세요? 거기 가는 길목인데."

"아, 가깝군요. 제가 5분 내로 가겠습니다. 잠깐만 기다려 주시겠어요?"

"아, 네 5분 정도는 기다릴 수 있어요. 그럼 기다리겠습니다, 빨리 와 주세요."

건이 전화를 끊고 벤치에 앉아 기지개를 켰다.

'으드드…… 그래도 5분이면 온다고 했으니까 그냥 맘 편히 기다리자.'

건이 마음의 여유를 찾았는지 정신을 잃은 사내의 옆모습을 보았다.

'머리 되게 특이하네. 그런데…… 어디서 봤더라, 낯이 익은 데?'

건이 사내의 겨드랑이에 손을 넣어 제대로 앉힌 후 얼굴을 보았다.

"음…… 어디서 봤지? 왜 이렇게 낯이 익지?"

건이 고개를 갸웃하며 남자의 얼굴을 뜯어보고 있는데 맞은편 도로에서 한 남자가 무단횡단을 하며 헐레벌떡 뛰어 왔다.

"헉, 헉. 필립!"

건이 고개를 들고 남자를 보자 40대로 보이는 금발의 백인 남성이 눈에 들어왔다. 건이 자리에서 일어나자 남자가 말했다.

"헉, 헉. 전화 받으신 분이시죠? 정말 고맙습니다."

건이 손사래를 치며 말했다.

"아, 아니에요. 별것 아닙니다. 그럼 이제 데려가세요."

남자가 잠시 무릎에 손을 대고 허리를 숙인 채 숨을 고르며 말했다.

"헉, 헉. 자, 잠시만요."

남자가 안주머니를 뒤지더니 명함 한 장을 꺼내 내밀었다.

"제 명함입니다. 제 이름은 월터 오 브라이언이고요. 실례지만 그쪽 전화번호를 좀 알 수 있을까요?"

건이 살짝 경계하며 물었다.

"예? 전화번호요, 그건 왜요?"

월터가 가쁜 숨을 내쉬고 허리를 펴며 정신을 잃은 남자를 바라본 후 말했다.

"필립 저 친구가 지금 망나니처럼 살고 있지만, 도움 주신 분을 그냥 보냈다고 하면 불호령을 칠 게 뻔하거든요. 분명 정신을 차리고 사정을 듣고 나면 그쪽을 찾을 겁니다. 식사라도 대접한다고요."

건이 어색한 미소를 지으며 말했다.

"아니에요, 제가 무언가 보답을 받으려고 도와드린 것이 아닙니다."

월터가 아니라는 듯 손을 휘휘 저은 후 자신의 전화기를 내밀며 말했다.

"이대로 그냥 보내면, 저 내일 이 친구한테 맞아 죽습니다. 저 살리는 셈 치고 전화번호만 주고 가세요. 최대한 폐를 끼치는 일은 없도록 하겠습니다."

건이 어정쩡한 표정으로 월터가 내민 전화기를 보다가 전화를 받아 든 후 번호를 입력한 후 돌려주었다. 월터는 통화 버튼을 누르고 신호가 가는 것을 확인한 후 말했다.

"저기 염치없지만, 제 차가 저 건너편에 있는데, 차까지만 함께 옮겨주시면 안 될까요? 진짜 죄송합니다!"

건이 잠시 하쿠를 벤치에 걸쳐 놓은 후 외투를 벗으며 말했다.

"네, 어려울 것 없죠. 저기 저 빨간 차 말인가요? 제가 상체 쪽을 들 테니, 하체 쪽을 들어주세요."

건은 월터와 함께 낑낑대며 사내를 들어 차에 실었다. 월터는 뒷좌석에 사내를 밀어 넣고 문을 닫은 후 이마에 흐르는 땀을 닦으며 말했다.

"오늘 정말 감사했습니다. 원래 이런 친구가 아닌데, 몇 년 전에 안 좋은 일을 겪고 나서는 자주 이러네요. 깨어나면 연락 드리겠습니다. 식사라도 한번 하시죠."

건이 고개를 저으며 말했다.

"괜찮아요. 그럼 살펴 가세요."

월터가 잠시 건을 빤히 본 후 미소를 띠며 말했다.

"록을 별로 안 좋아하시는 분인가 보네요? 클럽 크로커다일도 아시고, 기타도 메고 계셔서 록 음악 매니아인 줄 알았는데."

건이 고개를 갸우뚱하며 말했다.

"아, 좋아해요. 지금도 크로커다일로 가는 길이었고요."

월터가 눈썹을 꿈틀하며 뒷좌석에 누워 있는 남자를 가리키며 물었다.

"록을 좋아하시는 분이 저 인간을 모르세요?"

건이 차창 안으로 보이는 남자의 모습을 다시 한번 살핀 후 말했다.

"아, 좀 낯이 익다 싶었는데, 뮤지션이었나 보군요?"

월터가 어이없다는 눈으로 말했다.

"필립 안셀로잖아요. 쟤 몰라요? 엄청 유명한데."

건이 순간 그를 기억하지 못하고 다시 물었다.

"아…… 죄송해요. 유명하신 분인가 봐요."

월터가 살짝 멍한 표정으로 말했다.

"레오파드(REOPARD)의 보컬 필립 안셀로요."

건이 놀라며 눈을 크게 떴다.

"예, 레오파드요?"

월터가 고개를 끄덕이자 건이 차 창문에 붙어 다시 안에 널브러진 사내를 보았다.

'세상에, 진짜다! 진짜 필립 안셀로잖아?'

월터가 건의 놀라는 모습을 보더니 그럴 줄 알았다는 듯 미소를 지었다.

"식사를 거절하시길래 정말 모르시는 줄 알았네요. 보통은 같이 식사하고 싶어 하시는데 말이죠."

건이 입을 떡 벌린 채 월터를 쳐다보자 월터가 다시 한번 웃으며 말했다.

"식사, 하실 거죠?"

건이 고개를 세차게 끄덕이며 말했다.

"예, 예! 해야죠. 연락 주세요!"

월터가 자신의 핸드폰을 흔들며 말했다.

"내일 연락 드릴게요. 이 친구가 정신을 차린 후가 될 테니 저녁 식사 전에 연락 드리겠습니다."

건이 고개를 끄덕이자, 손을 흔들어 보인 월터가 운전석에 올라타 차를 출발시켰다. 사라져 가는 빨간 SUV 차의 뒷모습을 뚫어지게 보던 건이 생각했다.

'세상에, 레오파드라니.'

건이 한참 그 자리에 서서 차가 사라진 방향을 멍하니 보고 있다가 정신을 차린 것은 약 10분이 지난 후였다.

황급히 손목시계를 본 건이 클럽 크로커다일에 뛰어들어간 것은 공연이 반쯤 진행된 시간이었다. 인디 밴드의 공연들을 보는 건의 머릿속에는 레오파드의 생각만이 가득했다.

결국, 공연에 집중하지 못한 건이 호텔에 돌아와 전화기의 빈 액정을 보다가, 전화기를 손에 든 채 잠이 들었다.

다음 날 늦잠을 잔 건이 점심을 해결한 후 다시 모자를 쓰고 시애틀 거리를 거닐었다. 구경하면서도 손에서 핸드폰을 놓지 않은 건의 전화가 울린 것은 오후 5시가 조금 지난 시간이었다.

진동이 울리자마자 반색을 하며 전화를 받는 건이었다.

"여보세요, 월터 씨?"

"아, 여보세요."

전화기 너머에서는 어제 만난 월터의 목소리라고 생각하기에는 걸걸하고 거친 목소리가 흘러나왔다. 건이 잠시 당황하며 전화의 액정에 뜬 번호를 확인 후 다시 전화를 받자, 상대가 먼저 말을 걸어왔다.

"어제 날 도와준 사람을 찾는데, 당신인가?"

건이 반색하며 말했다.

"아, 예! 제가 맞습니다."

"그래, 고마워. 사실 어제 기억이 없어서 말이야. 월터에게 물어봤더니 그쪽 전화번호를 주더군. 저녁에 시간 있나? 맥주라도 한잔 사지."

"아, 네. 물론 시간 있죠."

"그래, 그럼 클럽 크로커다일 알지? 거기서 저녁 7시에 보자고."

"네, 그래요. 나중에 뵙겠습니다."

건이 전화를 끊은 후 손을 뻗으며 속으로 외쳤다.

'만세! 필립 안셀로다! 사진 잔뜩 찍어야지!'

모자와 마스크로 얼굴을 가리고 시애틀 거리에 남아 있는 명 뮤지션들의 발자취를 구경하던 건이 클럽 크로커다일 앞에 도착한 것은 오후 6시였다.

손목시계를 본 건이 주위를 둘러보자 약간 떨어진 곳에 벤치가 보였다. 하쿠를 벤치 옆에 세운 건이 벤치에 앉아 하드케이스에서 하쿠를 꺼냈다.

'지금 들어가면 사람도 없고, 술도 못 마시니 여기서 잠깐 시간을 보내다 들어가야겠다.'

건이 하쿠를 꺼내 허벅지에 받치자 오가는 사람들이 하쿠의 아름다운 바디에 감탄을 보냈다.

"휘익! 화이트 팔콘이네."

"진짜 예쁘게 생겼다 저 기타."

"그러게. 음악 하는 사람인가 봐."

건이 오가는 사람들이 하쿠를 보고 감탄하자 흐뭇한 얼굴로 하쿠를 쓰다듬었다.

'예쁘긴 진짜 예쁘네. 세상에서 가장 아름다운 기타라는 말이 괜히 있는 게 아니었어.'

건이 벤치 위에 앉아 양반다리를 하고 잭을 연결하지 않아 소리가 작은 기타를 연주하기 시작했다.

'레오파드의 다임 백 데럴은 '면도날 같은 피킹'으로 유명했었지. 나도 그의 음악을 들을 때 면도날로 몸이 난자당하는 것 같은 날카로움을 느꼈었으니까.'

건이 하쿠로 중학교 때 즐겨 들었던 'Cowboys from hell'의 날카로운 전주 부분을 연주해 보며, 마지 자신이 다임 백 데럴이라도 된 것처럼 눈을 감고 고개를 까딱거렸다.

'천재라고 불렸던 다임 백 데럴. 정신병자인 팬이 무대로 난입해 쏜 총에 맞고, 무대에서 생을 마감한 최고의 기타리스트. 반 헤일런도 그의 기타에서 영향을 받았다고 말한 적이 있고 말이야.'

건이 판타라의 명곡 중 생각이 나는 곡들의 전주 부분을 연주해 보며 다임 백 데럴을 흉내 내고 있는데, 갑자기 누군가가 건이 푹 눌러썼던 모자를 벗겼다.

건이 놀라며 고개를 들어보니 필립 안셀로가 자신을 내려다보고 있었다. 필립은 건을 내려다본 후 고개를 돌려 뒤따라오던 월터에게 말했다.

"거봐. 내가 맞다고 했지?"

월터가 헐레벌떡 달려오며 말했다.

"필립! 초면에 그게 무슨 짓이야? 사과드려."

필립은 월터의 말에 아랑곳하지 않고 손으로 건을 가리키며 말했다.

"이거 봐. 화이트 팔콘에 모자 밑으로 보이던 검은 머리. 케이 맞네. 그렇지?"

건이 놀란 눈으로 자기도 모르게 고개를 끄덕이자 그 모습을 본 월터의 눈이 커졌다.

"예? 정말 케이 씨란 말씀이세요?"

건이 벤치에 하쿠를 걸쳐 두고 자리에서 일어나 마스크를 벗자, 눈부시게 아름다운 그의 얼굴이 드러났다.

"다시 뵙네요, 월터 씨. 케이라고 합니다."

건이 인사를 건네자 굳어버린 월터의 가슴을 주먹으로 툭 친 필립이 말했다.

"야, 정신 차려. 남자한테 그건 무슨 반응이야?"

월터가 화들짝 정신을 차리며 황급히 말했다.

"아, 죄송합니다, 케이. 아…… 그것도 모르고 어제 필립을 모른다고 면박을 드렸네요. 민망하게……."

케이가 웃으며 답했다.

"하하, 아니에요. 미스터 안셀로를 못 알아보는 게 이상한 거죠. 그때도 어디선가 본 것 같다는 생각은 했는데 설마 길거리에서 마주칠 거라고는 생각을 못 했어요."

필립이 한발 나서며 건의 어깨를 툭툭 쳤다.

"미스터 안셀로는 무슨, 그냥 필립이라고 불러."

건이 자신의 어깨를 두드리는 필립의 손을 힐끗 보고는 웃으며 말했다.

"네, 그래요. 필립. 만나 뵙게 되어서 영광입니다."

필립이 웃으며 앞서 클럽 쪽으로 발걸음을 옮겼다.

"난 퇴물인데 뭐. 떠오르는 케이 널 만난 내가 영광이겠지. 들어가서 이야기하자고."

건이 필립에게 따라붙고 아직 멍한 표정으로 건의 뒷모습을 바라보던 월터까지 클럽 내부로 들어섰다. 클럽 안은 아직 공연이 시작되지 않은 듯 스피커에서 음악이 울려 퍼지고 있었다. 필립은 능숙하게 구석 자리로 가며 외쳤다.

"여기, 맥주 셋!"

건이 황급히 필립에게 다가가며 말했다.

"아, 필립. 전 아직 술 마시면 안 되는 나이예요!"

필립이 등 뒤로 힐끗 건을 살핀 후 다시 외쳤다.

"여기! 맥주 둘에 오렌지 주스 하나!"

건의 취향은 안중에도 없이 오렌지 주스를 시킨 후 구석 자리에 자리를 잡은 필립이 아직 서 있는 건에게 말했다.

"뭐해? 거기 앉아."

건이 하쿠를 벽에 세워둔 후 자리에 앉자 필립의 옆자리로 월터가 앉았다. 월터는 자리에 앉자마자 속사포 같은 질문을 쏟아냈다.

"아니, 케이 씨. 시애틀에는 웬일이세요? 지금 온 미국이 당신을 찾고 있는데, 왜 여기 계십니까?"

필립이 그런 월터의 머리에 꿀밤을 날리며 말했다.

"야, 목이라도 축이고 이야기하자. 뭐가 그리 궁금해?"

건이 웃으며 답했다.

"아니에요. 괜찮아요. 여행 온 거예요. 원래 학교 방학 때 여행을 하려고 했었거든요. 워싱턴 주까지 온 김에 가까운 시애틀에서 예전에 좋아했던 음악가들의 자취를 돌아보고 가려고 왔어요."

건이 답을 하는 도중에 여직원이 맥주 두 개와 오렌지 주스를 가지고 다가와 테이블 위에 세팅했다.

여직원은 무표정하게 필립 앞에 맥주를 놓아주며 말했다.

"필립, 오늘은 너무 많이 마시지 마요."

필립이 손을 휘휘 저으며 말했다.

"어, 알았어, 안나. 신경 쓰지 마."

안나가 한숨을 쉬며 필립을 째려보다 건의 앞에 오렌지 주스를 놓으며 건의 얼굴을 보고 놀라는 표정을 지었다.

"에…… 케이, 진짜 케이?"

건이 고개를 들어 안나와 눈을 맞추며 웃자 안나의 얼굴이 붉게 달아올랐다. 아무런 말도 못 하고 그저 앉아 있는 케이를 달아오른 얼굴로 내려다보고 있는 안나에게 필립이 말했다.

"뭐 하는 거야? 가서 일 보라고."

필립의 말에 안나가 정신을 차린 듯 필립을 째려본 후 다시 건을 보고 생긋 웃어주더니 프론트로 돌아갔다. 필립이 그런 안나의 뒷모습을 보며 티슈를 뭉쳐 동그랗게 만든 후 던졌다.

"하여간, 여자들이란 잘 생긴 애들만 보면 정신을 못 차리지."

건이 웃으며 말했다.

"그나저나, 필립. 여기 자주 오시나 봐요?"

필립이 계속 휴지 뭉치를 던지며 말했다.

"응, 몇 년 전부터는 거의 여기서 살다시피 하지 뭐. 맨날 술이나 퍼마시면서."

필립은 멀리서 안나가 가운뎃손가락을 지켜 들자 휴지 뭉치를 던지는 것을 그만두고 자리에서 일어났다.

"나는 잠깐 화장실에 좀 다녀올게, 그동안 월터랑 이야기하고 있어."

월터가 인상을 쓰며 필립에게 말했다.

"필립! 설마 아니지?"

필립이 자신의 아우터를 벗어서 자리에 두고 바지 주머니를 거꾸로 뒤집어 보여주며 말했다.

"야, 끊은 지가 언젠데. 그냥 담배나 한 대 피우고 올게."

월터가 아직 의심을 거두지 않았는지 필립의 바지 뒷주머니를 만져 보고 가슴 어림까지 뒤졌다. 필립이 웃긴다는 표정을 지으며 무슨 경찰 조사를 받듯이 벽에 손을 기대고 다리를 벌렸다. 월터의 엄중한 조사가 끝나자 필립이 웃으며 발걸음을 옮겼다.

"다녀올게. 담배는 내놔!"

월터의 손에서 담배와 라이터를 빼앗은 필립이 가게 밖으로 사라졌다. 건이 밖으로 나가는 필립의 뒷모습을 보며 약간 심각한 얼굴로 말했다.

"필립이 약을 하나요?"

월터가 골이 아프다는 듯 이마를 매만지며 말했다.

"뭐, 이 바닥에서는 유명한 이야기죠. 12년 전 그 일이 있던 후 더 심해졌었지만요."

건이 굳은 얼굴로 말했다.

"다임 백 대럴이 사망한 사건 말씀이신가요?"

월터가 고개를 끄덕였다.

"그 시절, 대럴과 필립의 사이가 무척 안 좋았어요. 아시다 시피 필립은 레오파드 시절에도 마약과 술에 찌들어 있었고, 라이브 대기실에서 난동을 피우다 대럴의 기타를 부순 사건 도 있었죠."

"여튼 대럴의 동생이자 레오파드의 드러머였던 비니 역시 필립과 사이가 나빠지고 결국 레오파드는 해체됐죠. 이후 대럴 과 비니가 재결성한 데미지 플랜의 공연 중에 난입한 팬의 총 에 대럴은 죽고 말았고요. 동생인 비니 역시 오른쪽 가슴에 총 알이 박혔지만, 가까스로 살아났죠."

물을 한모금 마신 월터가 말을 이었다.

"그리고 대럴을 쏜 그 미친놈이 필립이 대럴을 까 내리던 인 터뷰를 보고 필립이 대럴을 죽이라고 명령한 것으로 느꼈다는 인터뷰를 해 버렸어요. 덕분에 필립은 대럴의 장례식에조차 초대받지 못하고 약쟁이로 살았죠."

건이 자신도 기사를 읽어 안다는 듯 고개를 끄덕이자 월터가 말을 이었다.

"한 8년쯤 그렇게 살았어요. 그 후에 Down이라는 밴드에 들어가 약도 끊고 음악에 집중했지만, 그 밴드도 결국 해체했죠. 이제 약은 끊었지만, 아직도 술은 못 끊어서 저로서는 걱정이 많습니다."

건이 심각해진 얼굴로 물었다.

"그렇군요. 매일 어제처럼 술을 마시는 건가요?"

월터가 한숨을 푹 쉬며 말했다.

"이틀에 한 번은 그 상태로 실려 들어와요. 술을 마시면 대럴의 얼굴이 떠오른다고 하더라고요. 아마 자기가 죽인 것 같겠죠. 마지막에 사이가 안 좋아졌다고 해도 인디 시절부터 10년이 넘는 시간 동안 함께한 동료였으니 죄책감을 가질 만도 하죠."

건이 미미하게 고개를 끄덕이며 말했다.

"저라도 그런 마음을 가질 것 같아요. 비니 파울과는 아직 사이가 안 좋은가요?"

월터가 고개를 저으며 말했다.

"재 작년인가? 필립이 술에 취해 비니를 찾아가 무릎을 꿇고 빌었어요. 그리고 비니가 필립을 용서했죠. 지금은 자주 연락은 안 해도 가끔 안부는 주고받는 모양이더군요. 비니도 필립의 인터뷰가 형을 죽인 게 아니라, 정신병자의 미친 행동이었다는 걸 알고 있으니까요."

건이 고개를 깊숙하게 끄덕이며 말했다.

"맞아요. 다임 백 대럴의 죽음이 필립의 잘못이라고 할 순 없죠. 여하튼 팬의 한 사람으로 그 사건은 정말 유감이었어요. 저는 레오파드가 재결합하는 것을 기대하며 오랫동안 기다렸었거든요."

월터가 한숨을 쉬며 말했다.

"실은 필립이 몇 번 비니를 설득한 적이 있어요. 레오파드 활동을 다시 시작하자고요. 하지만 대럴이 없는 레오파드가 과연 의미가 있겠어요? 레오파드는 다임 백 대럴의 팀이었는걸요. 다른 기타리스트로 절대 그의 빈자리를 채울 수 없었어요. 실제 오디션도 보고 몇 명을 뽑아 함께 연습도 해 봤지만, 필립도, 비니도 모두 불만족했죠."

건이 그럴만하다는 듯 말했다.

"레오파드에서 다임 백 대럴의 영향력은 절대적이었죠. 트리플 기타도 모두 다임 백 대럴이 연주한 거였죠? 여러 번 연주해서 녹음했다고 들었는데."

월터가 고개를 끄덕였다.

"맞아요. 라이브에서는 세션맨을 쓰고 앨범 녹음 때는 대럴이 모두 연주했죠. 그래서 달랑 네 명인 밴드의 사운드가 그리도 풍성할 수 있었던 거고요."

건이 다시 무언가 물으려는 찰나 필립이 돌아왔다.

"무슨 이야기를 그렇게 심각하게 해?"

월터가 필립이 자리로 돌아올 수 있도록 비켜주며 말했다.

"아, 아냐. 케이 씨가 레오파드 팬이었다고 하더라고."

필립이 자리에 앉으며 건을 보았다.

"그래? 우릴 알기에는 나이가 좀 어려 보이는데. 술도 못 마시는 나이라는 걸 보니 아직 십 대 같고."

건이 고개를 끄덕이며 웃었다.

"네, 19살이에요. 아, 미국 나이로는 17살이겠네요."

필립이 눈썹을 올리며 휘파람을 불었다.

"휘익! 17세에 벌써 천재 소리를 듣고 다니다니. 대단하네, 대단해."

세 사람이 두런두런 이야기를 나누는 동안 클럽에는 사람들이 점점 들어차기 시작하고 무대 위에는 네 명의 남자가 악기를 점검하고 있었다. 보컬을 맡은 것으로 보이는 긴 머리의 백인 남자가 마이크를 잡고 말했다.

"아, 아, 마이크 테스트. 원, 투. 흠. 안녕하세요, 여러분! 블랙 시스루 입니다!"

관객들이 박수를 치며 호응하자 이야기를 나누던 세 사람도 무대를 보았다. 보컬은 마이크를 잡고 관객들을 둘러보며 말했다.

"보스턴에서 주로 활동을 했었는데 오늘 처음 이 무대에 서게 되어서 기쁩니다. 그것도 제가 어릴 때 존경하던 레오파드의 필립 안셀로가 지켜보고 있는 이 무대에 말이죠."

보컬이 필립을 지칭하자 관객들이 구석에 앉은 필립에게 시선을 집중했다. 필립이 모두가 자기를 쳐다보자 한 손을 들었다.

필립이 손을 들자 관객들이 손뼉을 치며 환호했다. 보컬은 잠시 관객들의 환호가 잦아들기를 기다렸다가 마이크를 잡고 필립에게 말했다.

"어때요, 필립? 저희 밴드에게 당신과 함께 연주할 수 있는 영광을 주시겠어요?"

관객들이 환호하며 필립의 이름을 연호하기 시작했다.

"필립! 필립!"

"레오파드! 레오파드!"

필립이 자신을 향해 환호를 보내는 관객들의 모습에 얼굴이 약간 굳어졌고, 월터가 그런 필립의 눈치를 보았다. 건은 필립의 표정이 변하는 것을 보고 어쩔 줄 몰라 했다.

관객들이 필립에게 계속 환호를 보내자, 할 수 없다는 듯 고개를 저은 필립이 자리에서 일어나 무대로 걸어나갔다.

관객들은 필립이 일어나 무대로 다가가자 더 큰 환호를 보내고 있었다.

"필립, 필립, 필립!"

필립이 무대 위로 올라가 기타를 멘 보컬에게 손을 내밀었다. 보컬이 웃으며 마이크를 넘겨 주며 말했다.

"영광입니다. 필립 안셀로. 저는 블랙 시스루의 보컬과 리프를 맡고 있는 케빈입니다."

필립이 케빈을 힐끗 보며 물었다.

"리드 기타는?"

케빈이 자신의 오른쪽을 가리키며 말했다.

"네, 저쪽 갈색 머리 친구가 리드 기타입니다. 이름은 도미닉이고요."

바싹 마른 몸에 갈색 긴 머리를 가진 도미닉이 기타를 멘 채 한 손을 올리며 인사하자, 필립이 고개를 까딱했다. 마이크를 잡은 필립이 자리를 잡자 관객들이 환호했다.

필립이 마이크를 잡은 채 잠시 관객들을 둘러보자, 관객들이 점점 조용해졌다.

필립이 잠시 숨을 고른 후 마이크에 입을 대고 말했다.

"갑자기 선 무대라 친구들에게 만족을 줄 수 있을지 모르겠군."

관객들이 다시 한번 환호를 보냈다.

"와우! 필립의 보컬을 다시 듣는 것만으로 우린 충분해!"

"빨리해보라고, 필립!"

필립이 마이크에서 입을 떼고 도미닉을 보며 말했다.

"내 곡 중 자신 있게 연주할 수 있는 곡이 있나?"

도미닉이 반색하며 말했다.

"레오파드의 곡이라면 뭐든 가능합니다, 필립."

필립이 잠시 생각하다가 마이크에 입을 대고 말했다.

"마음속에 아직 살아 있는 내 친구에게 노래하지. 가자! Gate of the cemeterys!(묘지의 문)"

필립의 입에서 노래 제목이 나오자마자 도미닉의 기타 연주가 시작되었다. Gate of the cemeterys 특유의 음울한 아르페지오 전주가 울려 퍼지자 필립 안셀로 특유의 굵고 거친 목소리의 노래가 시작되었다.

신부님, 신부님이 음모를 꾸미 셨나요?

나를 위해 십자가에 못 박히신.

당신이 만든 우리 인생에 대한 계획은 무엇인가요?

케빈의 아르페지오 위에 도미닉의 얹혀졌다. 관객들이 느린 비트의 아름답고도 신비한 선율에 조금씩 몸을 움직이며 추억에 젖었다.

건은 미동 없이 노래를 부른 후 기타 연주를 듣고 있는 필립에게 시선을 고정했다. 필립은 A파트가 끝난 후부터 중간의 기타 간주가 흘러나오는 지금까지 계속 인상을 찌푸리고 있었다.

마침내 비트가 빨라지며 다임 벨 대럴 특유의 면도날같이 날카로운 피킹이 시작되는 구간이 찾아왔다. 건의 눈에 도미닉이 어떻게든 최대한 다임 백 대럴에 가까운 소리를 내기 위해 식은땀을 흘리며 최선을 다해 연주하고 있는 모습이 보였다.

월터는 그런 도미닉을 보고는 고개를 절레절레 흔들며 손으로 이마를 매만졌다.

"휴, 또 한바탕 하겠군."

건이 월터의 말에 필립의 눈치를 살폈다. 마이크 스탠드에 두 손을 올리고 고개를 숙인 채 인상을 쓰고 있던 필립이 도미닉의 연주가 시작되고 10초도 지나지 않아서 마이크 스탠드를 들어 도미닉에게 던졌다.

도미닉이 머리에 마이크 스탠드를 맞고 쓰러졌다.

스피커를 통해 기타가 쓰러지며 내지르는 소음이 울리자 관객들이 귀를 막았다. 필립이 쓰러진 도미닉에게 달려가 발로 밟기 시작했다.

"쓰레기 자식! 그것도 연주야? 죽어 버려!"

필립이 쓰러진 도미닉에게 발길질을 하는 것도 모자라 자신이 던진 마이크 스탠드를 붙잡아 도미닉을 내려치려 하자, 옆에 있던 케빈이 온몸으로 필립의 몸통을 붙잡고 함께 쓰러졌다. 케빈이 자신의 아래 깔린 필립의 양어깨를 누르고 소리쳤다.

"왜 이래요? 진정해요, 필립!"

필립이 몸부림치며 고함을 질렀다.

"이거 놔! 저딴 쓰레기가 감히 대럴을 모독해? 죽여 버릴 거 야, 비켜!"

케빈이 온 힘을 다해 눌렀지만, 필립의 덩치를 막지 못하고 나가떨어졌다. 필립이 벌떡 일어나 아직 쓰러져 있는 도미닉에 게 달려들려는 찰나, 필립 앞에 하얀 손이 손바닥을 내밀었다. 흥분한 필립이 내밀어진 손을 주먹으로 치우려는 순간 필립의 눈에 손의 주인이 들어 왔다.

필립을 막은 것은 건이었다. 하쿠를 어깨에 멘 채 무대에 나 온 건이 필립 앞을 가로막으며 한 손을 들어 필립에게 내밀고 있었다. 건을 보고 멈칫한 필립이 소리쳤다.

"비켜! 네가 아무리 케이라고 해도 날 막으면 용서 안 해!"

필립의 입에서 케이라는 말이 나오자 관객들이 웅성웅성거 렸다.

"케이? 마들렌 맨슨 뮤직비디오에 나왔던 케이 말이야?"

"케이라면 가위 손 음악 에디터도 했다며? 그게 저 사람이야?"

"아니, 그런 사람이 이런 클럽에는 웬일이지?"

건이 사람들의 웅성거림에 아랑곳하지 않고 필립과 정면으 로 눈을 마주쳤다. 필립이 노려보자 건이 서서히 고개를 저었 다. 필립이 다시 흥분한 듯한 어투로 외쳤다.

"비키라고! 저 새끼 죽여 버릴 거야!"

건이 손을 내리고 다른 손을 올려 검지를 까딱거렸다. 필립이 어이없는 눈으로 자신을 보자 어깨에 멘 하드케이스를 바닥에 내려놓은 건이 하쿠를 꺼냈다. 관객들이 모습을 드러낸 하쿠를 보고 소리를 질렀다.

"화이트 팔콘이다. 진짜 케이인가 봐!"

"헉, 필립 안셀로에 케이라니!"

"꺄아아아아! 케이 진짜 잘 생겼어!"

건은 필립이 자신을 피해 도미닉에게 달려들지 못하게 감시하며 하쿠를 어깨에 메었다.

필립이 움직이지 않는 것을 확인한 건이 뒷걸음질로 쓰러진 도미닉에게 다가가 말했다.

"괜찮으신가요? 뒤는 제가 맡을게요. 좀 쉬세요."

건이 손을 내밀어 도미닉의 기타에 끼워져 있던 잭을 뽑아 하쿠에 연결했다. 도미닉이 그런 건을 보고는 다시 필립을 노려보다 올라온 진행요원의 손에 부축을 받아 무대 아래로 내려갔다.

건이 기타의 연결을 끝내고 필립에게 다가와 그의 눈을 정면으로 응시했다. 필립은 순둥이 같던 건이 무서운 표정을 짓자 잠시 당황하는 듯했다.

건이 고개를 돌려 케빈에게 눈짓했다. 케빈은 바로 눈치를 채고 기타를 잡은 채 고개를 끄덕였다. 건이 다시 고개를 돌려 필립을 쳐다보다 그의 옆을 스쳐 지나가며 작게 귀에 속삭였다.

"마이크를 잡아요, 필립."

건이 황당한 눈으로 자신을 보는 필립을 지나 케빈에게 다가갔다.

"케빈, 반가워요. 케이입니다. 전주의 아르페지오를 부탁해요. 전 디스트 리프 쪽을 맡겠습니다."

케빈이 알았다는 듯 고개를 끄덕이며 말했다.

"알겠습니다, 케이. 아, 만나 뵙게 돼서 기쁩니다."

건이 싱긋 웃음을 지으며 자신의 자리로 돌아갔다. 어이없다는 표정으로 둘을 보고 있던 필립을 슬쩍 본 케빈이 'Gate of the cemeterys'의 전주 아르페지오를 시작했다. 눈치를 보고 있던 관객들도 다시 음악이 시작하자 무대에 집중하기 시작했다.

필립이 케빈이 전주를 연주하는 내내 건을 노려보고 있었다. 건은 필립의 눈을 피하지 않고 함께 노려보다 보컬이 시작되는 부분이 다가오자 말했다.

"만족하지 못한다면, 나 역시 도미닉의 꼴로 만들어도 좋아요."

필립이 잠시 건을 더 노려보다 마이크를 잡고 노래를 시작했다.

신부님, 신부님이 음모를 꾸미 셨나요?

……:

A파트가 끝나고 케빈의 아르페지오 위에 건의 애드립 연주
가 얹어졌다. 다임 백 대럴 특유의 리프가 시작되는 구간이 다
가오자, 관객들도 긴장이 되었는지 모두 침을 꿀꺽 삼키며 앉
은 자리를 고쳐 앉았다. 필립은 마이크 스탠드에 한 손을 올린
채 몸을 돌려 건을 노려 보고 있었다.

건은 그런 필립이 신경 쓰이지 않는지 눈을 감고 연주에 집
중했다. 모두가 기다리는 날카로운 리프 구간이 오자 건이 선
자세 그대로 다리를 크게 벌리고 몸을 낮췄다.

지지징징. 지지징. 지, 징. 지 징!

건의 손에서 날카로운 사운드가 울려 퍼지자 필립의 눈이
경악으로 일그러졌다. 관객들은 건의 리프가 시작되자마자 양
손을 위로 올리며 환호를 했다.

"우아아아아아아악!"

"최고다! 휘이이이익!"

필립은 건의 날카로운 기타 사운드에 온몸에 칼날이 꽂히는
기분이 들었다. 몸을 잘게 떨며 건에게서 시선을 떼지 못하던
필립은 다시 노래가 시작되는 파트가 되어도 마이크를 늘어뜨
린 채 노래를 하지 못했다. 건은 필립이 노래를 하든 말든 관

심이 없는지 눈을 감고 연주를 했다.

관객 중 아무도 필립이 노래하지 않는 것에 관심을 가지지 않았다. 모두가 건의 손에서 토해지는 사운드에 감각을 집중하고 있었다. 필립의 눈에 기타를 치고 있는 건의 모습 위로 생전의 다임 백 대럴의 모습이 겹쳐졌다.

파르르 떠는 그의 눈가에 눈물이 맺히고 손을 뻗어 대럴의 얼굴을 만졌다. 굵은 눈물이 필립의 볼을 타고 흘렀다. 그를 보는 다임 백 대럴이 말했다.

'네 탓이 아니야. 내 친구.'

필립의 몸이 허물어졌다.

바닥에 주저앉아 팔로 몸을 지탱한 채 눈물을 흘리는 필립을 모두가 지켜보았다. 하지만 건과 밴드는 거기에서 연주를 멈추지 않았다.

건은 필립이 우는 것에 관심이 없는지 끝까지 눈을 감은 채 연주를 했다. 잠시 후 'Gate of the cemeterys'의 연주가 모두 끝나고 자리에 바로 선 건이 눈을 떠 주저앉아 울고 있는 필립을 내려다보았다.

건이 천천히 한쪽 무릎을 꿇고 필립의 어깨에 손을 올렸다. 필립이 눈물이 범벅된 얼굴을 들어 건을 보았다. 필립의 얼굴에 일어나고 있는 경련에 한 손으로 그의 볼을 쓰다듬은 건이 말했다.

"당신의 탓이 아닙니다."

필립의 머릿속에서 무언가 툭 하고 끊어지는 느낌이 들었다. 필립이 부들부들 떨리는 손으로 자신의 볼을 쓰다듬는 건의 손을 잡았다.

한없이 흐르는 눈물에 앞이 잘 보이지 않는지 자꾸 눈을 깜빡이면서도 건의 얼굴에서 눈을 떼지 않던 필립이 한 손으로 바닥을 치며 절규했다.

"으아아아, 대릴!"

아무도 말을 꺼내지 않았다. 관객석을 매운 몇백 명의 관객들도, 무대 아래서 얼음찜질을 하며 올려다보던 도미닉도, 구석에 앉자 눈물을 짓는 월터도. 모두 절규하며 소리치는 필립의 모습을 조용히 바라보고 있었다.

그날 필립은 술이 떡이 될 때까지 마셨다.

월터는 필립이 늘 그렇듯 슬퍼하며 마시는 술이 아닌 것을 보고 즐겁게 어울렸다.

건은 오렌지 주스를 네 잔이나 마시고 연신 화장실을 들락거렸다. 화장실을 갈 때마다 건에게 추파를 던지며 시선을 보내는 여성들 덕에 화장실 가는 것도 쉽지 않았지만, 웃으며 술을 마셔대는 필립이 연신 건의 어깨동무를 하며 이야기를 나누는 이 자리가 무척 즐거웠다.

그 후로 필립은 건이 시애틀에 머무는 내내 함께 다녔다. 필립 덕에 시애틀에 숨겨진 명소들을 마음껏 구경한 건이 맨하튼으로 떠나는 날, 필립은 서운했는지 공항까지 건을 따라 나왔다.

티켓팅을 하고 비행기를 타려는 건에게 필립이 아쉬운 눈으로 말했다.

"학교 꼭 돌아가야 해? 너 정도면 학교 따위 때려치워도 충분히 성공할 텐데 말이야. 나랑 같이 밴드하는 건 어때?"

건이 웃으며 필립의 어깨를 툭툭 쳤다.

"공부를 마쳐야죠. 아직 배울 게 많아요, 전."

필립이 아쉽다는 기색을 잔뜩 비추며 말했다.

"비니에게도 꼭 소개해 주고 싶은데. 이렇게 벌써 보내서 아쉽네."

건이 웃으며 손을 흔들었다.

"바빠서 지금은 못 오신다니 할 수 없죠. 저도 꼭 뵙고 싶었어요. 나중에라도 같이 봐요."

필립이 함께 손을 흔들며 말했다.

"그 약속 잊지 마. 비니가 돌아오면 내가 꼭 만나러 갈 테니까."

건이 필립의 인사치레를 받으며 비행기에 올랐다. 시애틀을 떠나며 비행기 위에서 내려다보이는 시애틀 시가지의 풍경을 보며 건이 생각했다.

'잘 있어요, 필립. 잘 있어요, 지미!'

건이 뉴욕에 도착해 집으로 돌아왔다. 푹 눌러쓴 모자와 마스크가 답답했던 건이 집으로 오자마자 모자를 침대에 던진 후 하쿠를 벽에 세워두고 샤워를 했다.

머리를 말리며 밖으로 나온 건이 편한 옷으로 갈아입고는 자신이 오늘 아무것도 먹지 않았다는 것을 깨닫고 다시 옷을 입었다.

'오랜만에 로건 씨 가게 가서 아보카도 샌드위치라도 먹어야겠다.'

옷을 입은 건이 밖으로 나가려다 문득 침대에 팽개쳐 둔 모자를 보았다. 한숨을 푹 내쉰 건이 모자는 내버려 두고 검은 마스크만 쓰고 집을 나섰다.

집에서부터 로건의 가게까지는 걸어서 약 15분 거리였다. 천천히 길을 걸으며 사람 구경을 하는 건의 눈에 단테 공원이 들어왔다.

'이제 여유롭게 저기 앉아 있을 수는 없게 되겠지?'

건이 자신의 마스크를 고쳐 쓰고 단테 공원의 잔디밭으로 들어서자, 오후의 따뜻한 햇볕 아래 쉬고 있는 사람들이 눈에 들어왔다. 건이 그들의 모습을 보며 잔디밭을 가로질러 단테 공원을 빠져나오려는 도중 아까부터 건을 주목하고 있던 세 소녀가 다가왔다.

건은 소녀들이 다가오는 것을 느끼자마자 황급히 발을 놀려 공원을 빠져나갔다. 힐끗 뒤를 돌아보니 소녀들이 자신을 계속 쫓아오는 것이 보였다.

'밖에서 걸리면 안 돼, 차라리 로건 씨네 가게로 들어간 후 사인이건 뭐건 해주자.'

급하게 걸음을 옮겨 순식간에 로건의 가게 앞에 도착한 건이 뒤를 힐끗 보니 열심히 발을 놀려 자신을 쫓아오고 있는 세 소녀가 보였다.

건이 로건의 빵집 문을 열고 안으로 들어가 오랜만에 보는 로건에게 반갑게 인사를 건네려는 찰나, 가게 내부의 전경이 눈에 들어온 건의 몸이 굳었다.

가게 안은 발 디딜 틈도 없이 사람들로 꽉 차 있었다. 로건은 종업원을 두 명이나 고용하고도 모자라 카운터에서 캐셔를 보고 있었고, 그 뒤로 큼지막한 현수막이 걸려 있었다.

줄리어드의 천재 소년 케이의 단골집.

건이 어이없는 눈으로 사람들을 보고 있었다.

'제길, 여기 들어와서 걸리는 게 차라리 나을 줄 알았는데!'

그때 캐셔를 보고 있던 로건이 건을 보고는 눈이 커졌다. 건이 다급하게 손가락을 입에 대기도 전에 로건의 외침이 터져 나왔다.

"오! 케이. 왔구나!"

빵집에서 빵을 고르던 사람들도, 몇 개 안 되는 테이블을 붙잡고 앉아 있던 이들도 모두 건을 돌아보았다. 마스크를 쓴 건이 어정쩡하게 서 있다가 한숨을 크게 쉰 후 마스크를 벗었다.

"꺄아아아아아아악!"

"진짜였어, 진짜 케이의 단골집이었나 봐!"

"꺄아아악! 어떡해, 진짜 잘생겼어!"

"아아악! 케이. 당신을 보려고 여기서 일주일이나 기다렸어요!"

밀려드는 팬 때문에 곤란해 하는 케이를 구해준 것은 로건이었다.

"자, 자. 잠시만요! 좀 비켜주세요! 케이, 주방으로 와!"

건이 자신을 한 번이라도 만져보려는 사람들을 피해 로건의 손을 붙잡고 주방으로 들어섰다.

그 와중에 한 팬에 의해 손에 든 마스크도 빼앗겨 버린 건이었다. 주방에 건을 밀어 넣고 문을 닫은 로건이 문 앞에 서서 말했다.

"자자, 여러분! 케이와 상의한 후에 다시 말씀드리겠습니다. 거기 둘, 주방 문 앞에 서 있게!"

로건이 문 안으로 들어와 주방 테이블에 기대 서 있는 건에게 다가와 미안한 웃음을 지었다.

"오랜만이네, 케이. 미안하게 됐어. 내가 눈치 없었어, 너무 반가워서 그랬네, 하하!"

건이 눈을 흘기며 말했다.

"장사는 잘되나 봐요, 로건?"

로건이 식은땀을 흘리며 말했다.

"하하, 그, 그래. 덕분에 잘되지. 네 덕분에 말이야. 하하!"

건이 로건을 째려보자 찔끔한 로건이 다시 말을 이었다.

"미, 미안하다고. 하하. 대신 졸업할 때까지 내 가게 빵은 다 공짜로 주지! 어때?"

건이 기대 서 있던 테이블에서 등을 떼며 한숨을 쉬었다.

"이 꼴인데, 어떻게 와요? 빵 사러 오다 죽겠네요."

로건이 어정쩡한 표정으로 있다가 좋은 생각이 났다는 듯 말했다.

"네 덕에 장사가 잘되어서 직원도 고용했어. 학교로 배달해 주면 어때? 매일 신선하게 갓 구운 빵으로 같은 시간에 배달해 줄게!"

건이 피식 웃으며 말했다.

"됐어요, 로건. 사서 먹고 싶으면 전화할 테니 그런 때만 가져다주세요."

로건이 자기만 믿으라는 듯 가슴을 때리며 말했다.

"그래! 전화만 주면 내가 진열해 둔 빵 말고, 방금 갓 구운 빵으로 가져다주지."

건이 주방 문에 난 조그만 창을 보며 말했다.

"그나저나 저 어떻게 나가죠?"

로건이 주방 창을 통해 밖의 상황을 살핀 후 미안한 기색으로 말했다.

"저기…… 미안하지만 말이야……. 아까 들었겠지만 정말 일주일 동안 매일 와서 기다린 애들도 있거든……. 시간이 괜찮으면 잠깐이라도 좋으니 사인이라도 해주면 안 될까?"

건이 그럴 줄 알았다는 듯 한숨을 쉬며 말했다.

"에휴, 알았어요. 근데 저 배고파요. 아보카도 샌드위치 하나 주세요."

로건이 손을 휘저으며 말했다.

"내가 저기 진열한 거 말고 신선한 거로 금방 만들어줄게! 조금만 기다려! 우유도 줄까?"

건이 고개를 끄덕이자, 바로 재료를 꺼내 금방 샌드위치를 만든 로건이 빵을 내밀었다.

"자! 로건의 특제 샌드위치 대령이다! 파는 물건보다 아보카도를 두 배는 넣었어."

건이 무척 배가 고팠는지, 서서 걸신들린 듯 빵을 먹었다.

로건은 그런 건을 흐뭇한 눈으로 쳐다보며 말했다.

"불과 3개월 전만 해도 그냥 학생이었는데 말이야. 이렇게 스타가 될 거라고는 생각 못 했어."

건이 급하게 샌드위치를 먹어 목이 메었는지 우유를 벌컥벌컥 마신 후 말했다.

"그러게요, 저도 이렇게 될 줄은 몰랐어요."

로건이 건의 등을 문질러주며 말했다.

"이제 어쩔 거야? 학교로 돌아가?"

건이 고개를 끄덕이며 남은 샌드위치를 먹자 로건이 말을 이었다.

"학교 다닐 수 있겠어? 학교 앞에 안 가봤구나?"

건이 의아한 눈으로 로건을 보자 로건이 말을 이었다.

"학교 앞에 기자가 삼십 명도 넘게 있어. 너 인터뷰 한다고. 그러고 있은 지 일주일도 넘었다고."

건의 황당한 눈으로 말했다.

"일주일이요, 기자들이 일주일이나 학교 앞에서 절 기다렸다고요?"

로건이 고개를 끄덕이며 말했다.

"그래, 교대로 24시간 학교 앞에서 대기하고 있더라. 새벽에 가도 몇 명이 기다리더라고."

건이 한숨을 쉬며 말했다.

"휴, 저 때문에 고생하네요. 기자 쪽은 인터뷰해 주고 돌려보내봐야죠. 이런 때 피하면 더 달려드니까요."

로건이 눈썹을 꿈틀하며 물었다.

"응? 뭔가 익숙해 보이는 건 내 기분 탓인가? 대응 방법을 정확히 아네."

건이 피식 웃으며 샌드위치를 싼 봉지를 쓰레기통에 버렸다.

"나가죠. 얼른 사인해 주고, 집에 돌아가 볼래요. 대신 로건! 저 집에 갈 때 빵 많이 싸줘야 해요. 무료 봉사는 사절이니까."

로건이 웃으며 말했다.

"그래! 두 손 가득, 양손 무겁게 돌려 보내 줄 테니 잘 부탁해, 케이."

건이 주방 문을 열고 나가자 기다리던 사람들이 소리를 지르며 밀려 들어왔다. 건이 한 손을 들자 사람들이 곧 조용해졌다.

"사인이랑 사진 찍어 드릴 테니, 질서를 지켜 주세요, 여러분."

눈치 빠른 종업원들이 테이블과 의자를 한쪽에 세팅하자, 건이 앉아 사인을 해주기 시작했다. 사인을 받기 위해 줄을 서 있던 사람들이 가게 밖까지 늘어서자 길을 걷던 행인들도 무슨 일인가 싶어, 구경하다가 케이를 발견하고 줄을 서는 바람에 줄은 더 길어졌다.

결국, 두 시간이나 사인해 준 건이 팔을 주무르며 로건이 싸 준 빵을 한가득 안고 집으로 돌아왔다.

집에 도착한 건이 잠시 쉬려다가 문득 기자들이 학교 앞에 서 기다린다는 말이 생각났다. 자기 때문에 일주일이나 집에 도 못 가고 기다린 기자들이 마음에 걸렸던 건이 새 마스크를 꺼내 쓰고 학교로 향했다.

저녁 시간이 다 되었지만, 여전히 학교 앞은 기자들이 진을 치고 있었다. 그나마 아직 방학이 끝나지 않아 학생들이 적어 다행이었다.

건은 조금 떨어진 곳에서 기자들을 지켜보다 가장 가까운 곳에 있는 기자에게 다가갔다.

"저기요."

건의 부름에 주위를 두리번거리며 경계하고 있던 기자가 건 을 보고 놀란 눈을 떴다. 건이 검지를 입에 대 보이자 기자가 정신없이 고개를 끄덕였다. 건은 기자에게 바싹 다가가 속삭 였다.

"학교 내부에 컨벤션 홀이 있어요. 거기서 기다릴 테니 기자 분들만 데리고 들어 오세요."

건이 기자의 답을 기다리지 않고 학교로 뛰어들어갔다. 기 자들이 누군가 학교로 뛰어들어가자 돌아보았다가 한 기자가 소리를 내지르는 것을 듣고 다시 뒤를 돌아봤다.

"기자 여러분! 케이가 줄리어드 컨벤션 홀로 오랍니다! 인터뷰하겠다고 해요!"

"뭐, 어디 있는 데? 설마 방금 뛰어들어간 사람이 케이야?"

"야! 빨리 준비해! 좋은 자리 잡게! 카메라 감독부터 빨리 움직여!"

"캐서린! 어디야! 지금 케이 떴어! 빨리 와!"

잠시 후 컨벤션 홀에 모인 기자는 호텔에서 쉬고 있던 기자들까지 다 뛰어나왔는지 백여 명이 넘었다.

건은 기자들의 질문에 성의껏 답을 했다. 매일 학교 앞에 진을 치게 하는 것보다는 한 번에 해결하려는 의지였는지 한 시간이 넘는 기자들의 질문에 모두 답을 해준 건이 질문이 잦아드는 것을 느끼고 일어서며 말했다.

"이제 질문이 안 나오네요. 기사 쓸 거리는 충분하시죠? 여긴 학생들이 공부하는 곳이니, 찾아오시면 안 돼요. 약속해 주세요."

기자들이 머뭇거리다가 한 기자가 손을 들고 말했다.

"저기, 케이. 당신은 소속사가 없어서 인터뷰 요청을 할 수가 없는데, 그럴 때는 어떡하나요?"

케이가 문을 나서며 말했다.

"소속사 있어요. 곧 기자분들께 말씀드릴게요. 아직은 상의

가 덜 되어서요."

문을 닫고 마스크를 쓴 건이 집으로 돌아온 것은 밤 9시가 넘은 시간이었다. 침대에 누운 건이 어디론가 전화를 걸었다.

"여보세요? 손 린 이사님? 저 건이에요. 오랜만이죠?"

손 린은 건의 소식을 듣자마자 병준을 파견하려 하였다. 하지만 연습으로 종일 자리를 비우는 건이 집에 혼자 남아 있을 병준에게 미안하다는 이유로 거절하였고, 결국 기자들에게 인터뷰 스케줄을 잡는 역할만 팡타지오가 수행해 주기로 하였다.

대신 이후 데뷔할 경우 동북아시아에 한해 팡타지오와 계약하기로 구두 협의한 것만으로 손 린은 크게 만족했다.

3일의 시간이 훌쩍 지나가고, 드디어 줄리어드의 가을학기가 시작되는 날. 하쿠가 든 하드케이스에 간단한 필기구를 챙긴 건이 학교로 향했다.

기자들은 모두 돌아갔지만, 주위에 사는 팬들이 학교를 에워싸고 있는 것을 본 건이 학교 앞에 도착하자, 절대다수의 여성 팬들이 소리를 질러댔다.

"끼야아아아악!"

"케이, 케이! 여기 좀 봐줘요!"

"케이, 케이, 케이!"

그나마 아시아 팬들과 달리 성숙한 팬 문화를 가진 미국의 소녀 팬들은 누구도 건의 길을 막지 않았다.

그저 학교 정문 옆에 늘어선 채 건을 바라보며 소리를 질러댈 뿐이었다. 그러한 팬 문화에 고마움을 느낀 건이 문을 들어서다 멈춰 서서 사진을 찍으라는 듯 여러 포즈를 취해주었다.

여기저기서 카메라 플래시가 터지고 약 5분 이상 포즈를 취해 준 건이 손을 흔들며 학교로 들어갔다.

학교에 들어서서도 상황은 마찬가지였다. 한 학교에 다니는 학생이고, 모두 악기나, 작곡 등에서 천재라고 불리던 학생들이었기에 다른 곳에서처럼 대놓고 사인을 해 달라거나 사진을 찍어달라는 학생은 없었지만 모두 선망의 눈으로 건을 보고 있었다.

줄리어드의 개강 첫날은 기타 학과의 모든 학생이 강당에 모여 교수의 말을 듣는 것부터 시작한다. 보통 전공 교수와의 1:1 강습과 개인 연습으로 이루어지는 학과 생활에서 유일하게 다른 날이기도 했다.

건이 첫 학기 때의 설레는 마음을 다시 느끼며 강의실 문을 열었다.

첫 수업 때와 다르게 한 학기 동안 서로 친분을 만든 학생들이 삼삼오오 모여 잡담을 나누고 있다. 건이 뒷문으로 들어

오는 것을 보고 조용해졌다. 모두 건에게 시선이 집중되었고, 건은 그런 학생들의 모습을 보며 뒤통수를 긁었다.

"아…… 모두 잘 있었나요?"

어색하게 한 손을 들고 인사하자, 몇몇 학생이 자기도 모르게 손을 흔들다가 화들짝 놀라며 손을 내렸다. 건이 계속 자신에게 시선이 집중되자 민망했는지 슬그머니 가장 뒷자리에 앉았다.

건은 학생들과 별개의 존재라도 된 듯 주위에 아무도 없이 혼자 앉아 있게 되었다. 거기에 모두 자신을 보며 수군거리자 앉아 있기 힘들어졌다. 그때 검은 장발의 남자가 건의 옆자리에 앉았다. 건이 옆을 보며 반색했다.

"파비오! 오랜만이에요."

검은 장발의 남자는 스튜디오 클래스에서 아스페라투를 연주할 때 기타를 맡아준 파비오 마르체티였다.

파비오가 반갑다는 듯 웃으며 말했다.

"휘익, 범상치 않은 분인 건 알았지만, 방학 3개월 동안 이렇게까지 유명해질 줄은 몰랐네요, 케이."

건이 책상에 엎드린 채 고개만 돌려 웃었다.

"그러게요, 저도 이렇게까지 될 거라고는 생각 못 했는데 말이에요. 아는 척해줘서 고마워요, 파비오. 사실 무척 어색한 상황이었거든요."

파비오와 건이 방학 동안에 생긴 이런저런 이야기를 나누고 있는 도중 앞문이 열리며 샤론 교수가 들어왔다. 샤론은 문을 열고 들어오자마자 강의실에 모인 학생들을 죽 돌아보았다. 그중 건과 눈이 마주치자 슬쩍 웃음을 보인 샤론이 강의실 교단 앞에 섰다.

"방학은 잘 보냈나요, 여러분?"

"네에!"

"방학이 너무 짧죠?"

"네에! 우우우우."

샤론이 웃음 지으며 리모컨을 조절하자, 샤론의 뒤 대형 화면에 불이 들어오며 프레젠테이션 화면이 올라왔다. 샤론이 교단에서 벗어나 화면 앞에 서며 말했다.

"지난 학기 초에 이미 겪어 보셨으니, 제가 학기 초에 여러분께 미션을 던진다는 것을 눈치챈 학생도 있을 것 같네요."

"우우우우우."

학생들은 두 번째 학기라 그런지 첫 학기 때의 긴장된 모습보다는 장난스럽게 자신의 불만을 표현하고 있었다. 샤론은 학생들의 당연한 변화에 웃음을 지으며 리모컨을 조절했다.

Second Mission.

샤론이 화면에 뜬 글을 가리키며 학생들에게 말했다.

"한 학기와 방학 동안 열심히 연습에 임한 학생들을 많이 봤습니다. 방학 때도 학교 연습실에서 살다시피 한 학생들도 봤고요. 여러분의 노력에 작은 결실을 맺을 시간입니다. 또, 여러분의 커리어가 시작되는 시점이기도 하죠."

샤론이 다시 한번 리모컨을 조절하자, 화면에 새로운 글자가 나타났다.

실력을 증명하라.

학생들이 애매모호한 문장에 고개를 갸웃하자 샤론이 말했다.

"말하자면 간단합니다. 지난 6개월간 연습해 온 실력을 증명하는 것이지요. 학생들끼리의 미션은 아닙니다. 각 학생들의 실력에 맞게 세션 멤버로 참여할 만한 팀을 소개할 것이에요. 물론 멤버가 될 수 있는 것은 자신의 실력에 달려 있습니다. 오디션을 보셔야 하니까요."

샤론이 화면 앞을 오가며 설명을 이었다.

"오케스트라가 되었건, 오페라가 되었건, 팝 음악이 되었건 상관없어요. 음반에 세션 멤버로 이름이 박히든, 투어 콘서트에 이름을 올리든, 여러분이 할 수 있는 선에서 최선을 다해 첫 커리어를 만들어 보는 것이 이번 학기의 과제입니다."

샤론의 말을 듣던 학생들이 당황하며 웅성거렸다.

샤론이 당황하는 학생들에게 설명을 추가했다.

"당황하지 마세요, 여러분이 직접 찾아서 오디션을 보라는 뜻은 아닙니다. 여러 교수님께 협조를 얻어 갈 만한 곳을 소개해 드릴 거예요. 만약 오디션에서 떨어지면 또 다른 곳을 소개해 드릴 겁니다. 하지만, 오디션에서 떨어질 때마다 성적은 깎이게 되겠죠?"

한 학생이 손을 들었다. 샤론이 지목하자 남학생이 일어나며 물었다.

"팝 뮤지션의 투어 콘서트에서의 세션도 인정해 주시는 건가요?"

줄리어드 재학 학생의 팝 뮤지션 세션 참여는 비교적 쉬운 일이었기에 나온 질문이었다. 샤론이 고개를 끄덕이며 말을 이었다.

"네, 그렇습니다. 물론 어떤 역할을 하느냐에 따라 성적은 나뉘게 되겠지만요."

질문했던 학생이 다시 질문했다.

"그럼 투어보다는 음반 제작 참여가 더 높은 점수를 얻게 되나요?"

샤론이 고개를 저었다.

"그건 아니에요. 투어에 참여하더라도 큰 역할을 해낸다면, 음반 제작보다 높은 점수를 받을 수 있습니다. 예를 들어 오케스트라에 사용되는 기타는 10대가 넘을 때도 있지요? 그 기타 중 리드 기타를 맡게 된다면 코러스 기타에 비해 높은 점수를 얻게 됩니다."

"음반 작업에 참여한다 해도 투어에서 리드 기타를 맡은 비중에는 못 따라가겠죠? 쉽게 말해 참여 비중에 따라 점수가 나뉘게 될 겁니다."

이번에는 다른 학생이 손을 들었다. 샤론이 눈짓하자 그가 일어나 말했다.

"그럼, 세션에 참여하는 뮤지션의 유명도에 따라서도 점수가 나누어지나요?"

샤론이 고개를 끄덕이며 말했다.

"당연합니다, 처음 음반을 내는 신인 밴드의 세션과 이미 유명한 뮤지션의 세션은 오디션의 난이도부터 차이가 있을 테니까요."

"또 하나, 여러분이 직접 오디션을 볼 뮤지션을 선정해 합격해 오신다면 플러스 점수를 드립니다. 이해되셨나요? 또 다른 질문 있나요?"

샤론이 학생들을 둘러보며 잠시 시간을 주었다. 학생들은 웅성거리긴 했지만, 더 이상의 질문은 하지 않았다. 샤론이 가져온 서류들을 챙기며 말했다.

"좋아요. 만약 직접 오디션을 볼 학생은 1주일 이내에 교수실로 와서 말씀해 주세요. 그 외의 학생들은 2주일 이내에 담당 교수가 오디션을 볼 곳을 지정해 드리겠습니다. 그럼 여러분, 모두 첫 커리어를 위해 최선을 다해주시길 바랄게요. 오늘 전달 사항은 여기까지입니다."

샤론이 손을 흔든 후 강의실을 나서자, 순식간에 강의실이 시끄러워졌다.

"아! 미치겠다, 이건 또 뭐야?"

"아오, 나 이번 방학 때 도미니카에 다녀오느라 연습도 못했는데!"

"첫 학기 미션도 미치는 줄 알았는데, 이번 학기는 더하네, 우와."

건의 옆에 앉아 있던 파비오도 골치가 아픈지 관자놀이를 만지며 말했다.

"하아, 이건 뭐. 감도 안 잡히네요. 동네 밴드에 들어가서 공연한다고 점수를 줄 것 같지도 않고요."

건이 하쿠의 하드케이스에 필기구를 넣으며 웃었다. 파비오는 건이 웃음 짓는 걸 보고 생각났다는 듯 말했다.

"그러고 보니, 케이! 케이는 유명 뮤지션들과 알고 지내잖아요? 저 좀 소개해 주면 안 돼요?"

건이 파비오를 빤히 쳐다보며 웃음 짓자 파비오가 어색한 표정을 지으며 말했다.

"아…… 몬타나…… 마들렌 맨슨…… 팀 커튼…… 이었죠? 제가 건드려 볼 수 있는 영역이 아니네요, 하하. 전 그냥 교수님이 지정해 주신 곳이나 가 봐야겠어요."

건이 파비오 스스로 깨닫자 웃음 지으며 자리에서 일어났다. 파비오는 일어나는 건을 보며 물었다.

"케이는 스스로 찾을 거죠? 어느 방향의 뮤지션으로 할 거예요? 오페라, 아니면 오케스트라요?"

건이 강의실 밖으로 나가며 싱긋 웃었다.

"글쎄요, 이제부터 천천히 생각해 봐야지요. 그럼 또 봐요, 파비오."

건이 잠시 샤론의 교수실에 들러 차 한잔을 얻어 마신 후 학교 밖을 나섰다. 혹시나 몰라서 준비해 온 마스크를 한 건이 단테 공원을 지나 집으로 향하는 동안 샤론 교수의 미션에 대해 여러 가지 생각을 했다.

'에이, 팀 커튼 감독님과 작업을 지금 했으면 쉽게 점수를 얻었을 텐데. 아깝다.'

건이 입맛을 다시며 집으로 들어가 냉장고에 넣어둔 로건의 빵과 우유를 꺼내 들고 침실의 컴퓨터 앞에 앉았다. 빵을 입에 물고 뉴스들을 검색하던 건의 전화기가 울렸다.

"어, 시화야."

-오빠, 어디야?

"어? 집인데, 왜?"

-영상 통화할 수 있어?

"어, 할 수 있어."

-내가 다시 할게, 받아.

"응."

건이 책상 위에 놓인 거울을 보며 잠시 머리를 매만지고 있자, 영상통화 요청이 왔다. 핸드폰을 들고 전화를 받자, 화면 가득 시화의 얼굴이 떠올랐다.

"끼야아아아아아아악!"

전화기에서 울려 퍼지는 기함에 깜짝 놀란 건이 동그란 눈을 뜨자, 시화가 장난스럽게 웃으며 자신의 주위를 비춰주었다.

화면에 보이는 곳은 시화의 학교였는지 교복을 입은 여학생들이 난리를 치고 있었다. 건이 웃어주며 손을 흔들어주자 더큰 함성이 일어났다.

그 와중에 시화가 뭐라고 말을 했지만, 너무 시끄러워서 들리지 않았던 건이 손짓으로 안 들린다는 표현을 하자, 영상통화를 끊은 시화가 다시 일반 통화를 걸어 왔다.

"여보세요?"

-오빠!

"응, 뭐야? 학교야? 지금이면 저녁 시간 아닌가?"

-나 고등학생 됐잖아, 야자 시간이야.

"아, 그랬어?"

-응, 친구들이 오빠 보고 싶다고 해서 해봤지.

"어, 그래 잘했어."

-오빠, 오빠, 이제 오빠 미국에서 연예인 하는 거야?

"응? 누가 그래?"

-다 그러던데? 그 정도 인기 얻었는데 학교를 왜 다니냐고.

"아냐, 학교는 계속 다닐 거야, 아직 연예인이 될 생각은 없고."

-아, 그래? 애들 실망하겠네. 알았어, 주희 언니한테 말해도 되지?

"응! 뭐 상관없어, 인터뷰에서도 말했거든."

-알았어! 오빠 또 전화할게!

"그래!"

전화를 끊은 건이 꺼진 액정을 보며 피식 웃었다. 건이 남은 우유를 마저 마시고, 잠시 한국의 포털 사이트로 가 뉴스를 검색하던 중 초인종이 울렸다.

"어, 이 시간에 누구지? 잠시만요!"

1층으로 후다닥 내려온 건이 문을 열었다.

"응? 필립?"

문 앞에는 대충 방안에 굴러다니는 티셔츠에 청바지를 입은 필립과 검고 요란한 무늬가 가득한 티를 입고 모자를 뒤로 쓴 덩치 큰 흑발의 남자가 서 있었다. 필립이 건에게 주먹을 내밀며 말했다.

"케이, 나 왔어. 온다고 했지?"

건이 얼떨떨한 얼굴로 주먹을 부딪치며 말했다.

"전화라도 주시고 오시지 그러셨어요. 들어 오세요. 그런데 이쪽 분은……"

필립이 웃으며 뒤를 돌아보며 말했다.

"이쪽은 비니. 소개해 주겠다고 했잖아. 비니, 인사해. 이쪽이 케이야."

뒤로 쓴 모자를 고쳐 쓴 비니가 턱수염을 한번 만진 후 손을 들었다.

"이야기 많이 들었어, 케이. 영상으로는 미리 봤는데, 실제로 보니까 더 잘생겨 보이네."

건이 깜짝 놀라 말했다.

"아, 비니 파울 씨군요? 팬입니다!"

비니가 피식 웃으며 말했다.

"케이가 내 팬이라니 영광이군. 우리 같은 퇴물한테 그렇게 말해주니 고맙네."

건이 아니라는 듯 손사래를 치며 말했다.

"아, 진짜 팬이에요. 들어 오세요."

건이 문을 열고 손짓하자, 두 사람이 집 안으로 들어와 집을 구경했다.

"오, 아담하고 좋네. 혼자 살기 딱 좋은 집인걸?"

건이 두 사람을 소파로 안내하며 말했다.

"이것도 엄청 크죠. 한국에서는 보통 혼자 살 때 3평 자리 원룸에서 사는 게 보통인걸요. 이런 2층 집에 살려면 꽤 부자여야 된다고요, 한국에선."

비니가 거꾸로 쓴 모자를 티 테이블에 올려두며 말했다.

"응, 한국에 한번 가본 적 있지. 작은 나라에 사람은 많으니 그럴 수도 있을 것 같아."

건이 소파에 앉은 두 사람을 보며 물었다.

"마실 거 드릴게요. 뭘 드릴까요? 집에 있는 게…… 우유랑 오렌지 주스밖에 없긴 하지만."

비니가 시큰둥한 얼굴로 말했다.

"맥주 같은 건 없어?"

필립이 비니를 툭 치며 말했다.

"쟤 아직 미성년자야. 무슨 맥주야. 케이! 그냥 오렌지 주스 두 잔 줘."

건이 웃으며 고개를 끄덕인 후 부엌으로 향하자 비니가 필립에게 작게 속삭였다.

"부탁 들어줄까? 지금 학기 시작하지 않았어?"

필립이 비니에게 다가가 작게 답했다.

"몰라, 이제부터 말이라도 꺼내 보고 안 될 것 같으면 설득해 봐야지."

곧 건이 쟁반에 주스 세 잔을 올려 들고 오자 후다닥 멀어진 두 사람이 딴청을 피웠다. 테이블에 주스를 올려놓은 건이 맞은편 소파에 앉았다.

"진짜 저 보러 맨하튼까지 오신 거예요?"

필립이 오렌지 주스를 들어 한 모금에 주스의 절반 이상이나 벌컥벌컥 마신 후 말했다.

"크흐! 응, 내가 보러 온다고 했잖아. 비니 소개도 해 줄 겸. 그리고, 비니 얘는 원래 뉴욕에 살아."

건이 비니를 보자 그렇다는 듯 고개를 끄덕인 비니가 말했다.

"정확히는 브루클린의 애틀랜틱 에비뉴 근처에 살지. 투어 때문에 유럽에 가 있다가, 이틀 전에 돌아왔어."

건이 고개를 끄덕이며 물었다.

"그렇군요. 투어라면 'Hell yeah'의 투어였나요?"

비니가 고개를 끄덕이며 주스를 들었다.

"호오, Hell yeah도 알아? 별로 유명하지 않은데."

건이 웃음을 지으며 말했다.

"전에 말했었잖아요, 팬이라고요. 베이스였던 렉스 그라인 씨는요?"

이번에는 필립이 다리를 꼰 채 말했다.

"걔는 요새 좀 힘들어. Down 탈퇴하고 'Kill Devil Hill'라는 밴드에 들어갔는데, 성적이 영 시원치 않거든."

건이 그러냐는 듯 고개를 끄덕이며 물었다.

"그렇군요. 렉스 그라인 씨의 묵직한 베이스가 정말 좋았는데 말이죠."

필립이 어깨를 으쓱하며 말했다.

"그냥 Down에 있으라고 말렸을 때 들었어야지. 하여간 말은 더럽게 안 들어."

비니가 피식 웃으며 오렌지 주스를 마셨다.

"우리 중에 말 잘 듣는 놈이 어디 있어? 넌 잘 듣냐?"

필립이 웃음을 터트리자, 건 역시 따라 웃었다. 한참 두런두런 담소를 나누던 건이 물었다.

"앞으로는 어떡하실 건가요? 필립은 지금 소속 밴드가 없지 않나요?"

필립이 슬쩍 비니의 눈치를 본 후 어려운 투로 말했다.

"그게…… 사실은 말이야……."

건이 의아한 눈으로 물었다.

"뭔데 그래요? 필립답지 않게. 말해봐요."

필립이 우물쭈물 대자 비니가 나서며 말했다.

"사실 아직도 레오파드의 재결성을 기다리는 팬들이 많은 건 알지?"

건이 반색하며 말했다.

"그럼요, 저도 그중 하나 인걸요."

비니가 건이 반색하자 조금 나아진 신색으로 말했다.

"실은 필립과 화해하고 나서 여러 기타리스트 오디션을 봤었는데, 마음에 드는 사람이 없었어. 레오파드가 다시 나섰는데 실망감만 줄 순 없잖아."

건이 고개를 끄덕이며 동의하자 비니가 말했다.

"다 늙어서 레오파드의 강력한 사운드와 공연을 소화해 내긴 어려울 것 같아서 반쯤 포기한 상태였는데, 필립이 널 발견한 거지. 크로커다일에서의 공연을 어떤 사람이 유튜브에 올려뒀더라고. 나도 영상을 봤어."

건이 약간 놀란 투로 물었다.

"예? 저한테 레오파드로 들어오라는 말씀이세요? 전 아직 학생이에요, 비니."

비니가 고개를 흔들며 말했다.

"그건 아니야, 케이. 실은 이번 겨울에 죽은 내 동생 대럴의

13주기 기일이 있거든. 그때 맞춰서 레오파드의 추모 콘서트 투어를 해볼까 해."

건이 대럴의 이야기가 나오자 심각한 얼굴로 고민했다.

"다임 백 대럴의 추모 투어가 되겠군요. 언제쯤으로 생각하세요?"

비니가 건이 관심을 보이자 반색하며 말했다.

"대럴이 천국으로 간 것이 12월 8일이거든. 기일의 약 한 달 전부터 아메리카 대륙과 유럽, 아시아를 돌 생각이야."

건이 핸드폰에 깔린 달력 어플을 확인하며 말했다.

"그럼 대략 11월 초부터네요."

비니가 고개를 끄덕이며 말을 이었다.

"그래, 지금 9월이니까, 바로 연습에 들어가야겠지. 혹시 도와줄 수 있을까?"

건이 잠시 고민하자, 긴장된 표정으로 건을 보는 필립과 비니였다. 고민하던 건의 머릿속에 오늘 샤론에게 받은 미션이 떠올랐다. 건이 샤론에게 전화를 걸었다.

필립과 비니는 고민하던 건이 갑자기 전화를 걸자 의아한 눈으로 건을 보고 있었다.

건이 자신을 뚫어져라, 보고 있는 둘을 보고 싱긋 웃음을 지은 후 스피커 폰으로 변환한 전화기를 테이블 위에 올려두었다. 몇 번 신호가 가는 소리가 들리고 고운 여성의 목소리가 들렸다.

"여보세요, 케이?"

"아, 샤론 교수님, 케이에요."

"네, 알아요. 저녁은 먹었어요?"

"네, 교수님도 드셨어요?"

"지금 먹으려던 참이었어요, 무슨 일이에요?"

"아, 다름이 아니라 오늘 주신 미션 때문에 질문 좀 드리려고요."

"그래요, 말해봐요."

"혹시 록 그룹의 투어에 참여하는 것도 성적을 받을 수 있을까요?"

"록이라…… 지난번 몬타나와의 투어 같은 형식인가요?"

"아니요, 단발성 공연은 아니고, 아메리카 지역과 유럽, 아시아까지 투어를 돌게 될 것 같아서요."

"예? 세상에. 어떤 밴드길래 그래요?"

필립과 비니가 긴장한 채 듣고 있다가 몸을 앞으로 숙여 핸드폰에 입을 가까이 붙인 후 말했다.

"레오파드(REOPARD)입니다, 교수님."

샤론이 전화기 너머로 건의 목소리가 아닌 거칠고 걸걸한 목소리가 들려오자 놀라며 물었다.

"예? 레오파드요? 누구세요?"

필립이 전화기에 바싹 붙으며 말했다.

"레오파드의 보컬 필립 안셀로 입니다. 교수님."

샤론의 놀란 목소리가 들려 왔다.

"네? 필립 안셀로 씨라고요? 설마 지금 케이와 같이 있는 건가요?"

건이 조금 큰 소리로 말했다.

"네, 교수님. 집에 와 계세요."

샤론이 잠시 숨을 고르는 듯하더니 말했다.

"케이! 정말 놀랄 일만 골라서 하는군요. 레오파드라니. 이번엔 또 어떤 인연으로 만난 건가요?"

건이 필립과 비니를 본 후 웃음을 지으며 말했다.

"그러게요. 뭐라고 말해야 할지 모르겠네요. 그냥 여행 중에 우연히 만났어요."

"휴, 정말 당신은 운이 좋은 건지, 사람들이 모여드는 운명을 타고 난 건지 알 수가 없네요. 레오파드라면 전설적인 밴드인데, 왜 성적을 안 주겠어요. 거기에 전 세계 투어라면 당연히 점수를 줘야죠."

필립이 반색하며 전화기에 입을 더 가까이 붙이며 말했다.

"저기, 교수님. 저희 투어가 11월 초부터인데, 아직 학기가 안 끝난 시기 거든요. 혹시 투어를 수업으로 분류하신다면, 그 시기에 케이의 수업 참여를 인정해 주실 수 있겠습니까?"

샤론이 잠시 고민하는 듯 말이 없다가 다시 말을 이었다.

"물론이죠. 이번 학기의 미션인걸요. 어디에 있든 미션을 수행한다면 인정해 드리겠습니다."

필립이 신난다는 표정으로 비니와 하이파이브를 했다. 건이 다시 전화기에 가까이 붙으며 말했다.

"그럼 교수님. 저는 따로 오디션 소개 없이 이쪽에 합류하도록 할게요."

"그래요, 케이. 내일 점심이나 함께하죠. 설명도 들을 겸."

"네, 내일 전화 드릴게요. 식사 맛있게 드세요, 교수님."

"네, 케이도 좋은 밤 되세요."

전화를 끊은 건이 둘을 바라보자 기대에 찬 표정의 필립이 외쳤다.

"그럼 우리랑 하는 거다?"

건이 웃으며 고개를 끄덕이자 다시 한번 하이파이브를 하는 둘이었다. 필립이 크게 웃으며 말했다.

"아! 이런 날 술이 빠지면 안 되는데, 케이 나이가 어려서 아쉽네."

건이 웃음을 지으며 물었다.

"술보다 당장 고민해야 할 것부터 하셔야죠. 레오파드는 해체된 지 15년이 넘어요. 소속 회사가 없으실 텐데 계약은 하셨나요?"

비니가 웃음을 짓다 표정을 굳혔다. 잠시 필립을 쳐다보던 비니가 말했다.

"음…… 그 생각은 안 하고 있었군."

필립이 뭐가 문제냐는 듯 말했다.

"그런 고민을 왜 해? 레오파드 재결성이라고! 단발성 투어 콘서트라고 해도 계약하자는 회사가 줄을 설 텐데?"

건이 한 손가락을 올리며 말했다.

"한 가지 부탁을 드릴게요. 만약 계약하신다면 아시아 투어는 제가 말씀드리는 회사로 해주시면 안 될까요?"

필립이 궁금한 얼굴로 물었다.

"응? 아는 회사가 있어? 너 그냥 학생 아니었어?"

건이 웃음을 지으며 말했다.

"실은 줄리어드 입학 전에 한국과 중국에서 활동한 적이 있어요. 거기서 인연이 된 중국 회사와 아직 이어져 있고요. 아주 능력 있는 분이 계시거든요."

비니가 어깨를 으쓱하며 말했다.

"뭐, 아시아 쪽만이라면 문제없어. 계약할 때 전미랑 유럽 쪽만 계약하면 되는 거니까. 그건 네게 맡길게."

건이 고개를 끄덕인 후 다시 말을 이었다.

"하나의 부탁이 더 있어요. 이건 꼭 들어주셔야 해요."

필립이 말해보라는 얼굴로 몸을 앞으로 숙이며 말했다.

"뭔데? 말해봐."

건이 필립과 비니를 번갈아 보며 말했다.

"완전한 모습의 레오파드로 가죠. 베이스의 렉스 그라인. 그 분도 합류시켜 주세요."

필립이 생각지도 못했는지 비니와 얼굴을 마주 본 후 웃음을 터뜨렸다.

"푸하하! 당연한 소릴 해? 레오파드의 콘서트인데 당연히 와야지! 오히려 안 부르면 서운해할걸?"

그 날 건의 집에 모인 셋이 함께 크게 웃었다.

To Be Continued

Wish Books
맛김 현대 판타지 장편소설
WISHBOOKS MODERN FANTASY STORY
책 먹는 배우님
"재희야, 너는 왜 대본을 항상 두 권씩 챙기냐?"
하나는 촬영장에 들고 다니며 남들에게 보여주는 용도.
또 다른 하나는
[드라마 〈청춘열차〉가 흡수 가능합니다.]
[대본을 흡수하시겠습니까?]
내가 먹을 용도로 쓰인다.
나는 대본을 집어삼켜, 오로지 내 것으로 만든다.
책 먹는 배우님
대본을 101% 흡수할 수 있는 배우,
재희의 이야기.

la vie d´or
고광(高光) 현대 판타지 장편소설
WISHBOOKS MODERN FANTASY STORY

천재 과학자 고요한,
인생의 역작 타임머신을 개발해 냈다!

**이미 늙을 대로 늙어버린 이 몸은 버리고
과거의 자신에게 모든 데이터를 보낸다.**

"나의 전성기는 더욱 찬란해질 것이다!"

그런데 레버를 당기는 순간……!
-데이터 전송지: 1987년 8월 5일 김대남(金大男) 18세.

"안, 안 돼……! 내가 아니잖아!"

la vie d'or : 황금빛 인생

힐통령 태양의 사제

제리엠 게임판타지 장편소설
WISHBOOKS GAME FANTASY STORY

"착하긴 뭐가 착해? 저런 퀘스트를 하는 건 착해서가 아니고
그냥 호구인 거야, 호구."

등 뒤에서 멀어지는 소리에
카이가 슬쩍 그들을 돌아봤다.

'내가 호구라고? 설마.'

[곤경에 처해 있는 NPC에게 선행을 베풀었습니다.]
[선행 스탯이 1 상승합니다.]

착한 일을 하면 보상이 따라온다?!

계산적이지만 그래서 더 선행을 할 수밖에 없는
힐이면 힐, 딜이면 딜.
힐통령 카이의 미드 온라인 정복기!